庫 JA
〉

黒猫の接吻あるいは最終講義

森　晶麿

早 川 書 房
7374

黒猫の接吻
あるいは
最終講義

目次

黒猫の接吻あるいは最終講義

第一章　復活

1

虹色にきらめくシャンデリアに目を細めながら、回転扉の向こう側に広がる闇を見つめていた。ここ、雑司が谷のバレエ・ホール〈リーニュ〉のロビーには、外から舞い込む冷気と開演を待つ客の熱気がせめぎ合い、独特の緊張感が漂っている。

昔から、冬空の下で談笑に耽《ふけ》る人々の姿にぬくもりを覚える。ひとつの生命が終わり、次なる生命を育む静謐の季節だからこそ、そこで言葉を交わし合う姿に、何かしら力強いものを感じずにはいられないのだ。

回転扉は絶え間なく、冷気の張りつめた深い闇から輝きに満ちた場内へ逃げ込む人々を迎え入れている。ドレスアップした客たちの姿は、一人一人が煌びやかだ。入って左手の壁際に設《しつら》えられたベンチに座り、所在なく回転扉とフロントの大きな柱時計を交互に見続けること十五分。時刻は、十七時二十分を少し過ぎた。

遅い――とは言えないか。

十八時開演。まだ時間はあるのだから。

そのとき、回転扉が開き、一人の男性が現れた。銀のタキシードに身を包み、スタイルだけ見ればモデルだろうかと思える。だが、世界を拒絶するような猫背、絹の糸で仕上げたような繊細な表情、深い海に眠る黒真珠のごとき憂鬱な瞳から受ける印象は、芸術家のそれだ。

まじまじ観察していると、その目がまっすぐこちらに向いた。そして――。

微笑んだ、ように見えた。

その後、彼の視線はするっと下のほうへ移動した。

思わず顔を背け、落ちかけていたショールを肩にかけ直した。

――やっぱりこのドレス……。

今さら文句を言うわけではないが、オレンジのイブニングドレスなんか着てきたせいでちっとも落ち着かない。

母がくれた青紫のショールを羽織っているとはいえ、やっぱり普段より露出が多いというのは気恥ずかしく、風にさえ冷やかされているような気がしてくる。

ちらと、もう一度だけ入口を見ると、すでに先ほどの男の姿はなかった。安堵しつつ、うう早く来い黒猫、と念じて柱時計のほうに顔を向けると、

「わっ」

そこに黒猫が立っていて、思わず声を上げてしまった。

「待たせたね」

黒い燕尾服を纏《まと》った彼の姿は、行き交うあでやかな人々のなかでもひときわ異彩を放っていた。黒猫。これはもちろん渾名《あだな》である。彼の自由奔放な論理の歩み方から、我らが学部長の唐草《からくさ》教授が命名したのだ。二十四歳で大学教授になるというのは、今の日本の大学事情においては特例中の特例だ。実際、黒猫の留学先であるパリのポイエーシス大学学長ラテスト教授からの破格のお墨付きと、唐草教授の英断というう奇跡のタッグがなければ、〈二十四歳の大学教授〉は誕生しなかっただろう。

「待たせたよ」

ちょっと眉間に皺をつくって見せる。

オールバックにまとめられた髪のせいだろうか、普段から自然と見る者の目を引きつける黒猫の輝きがよりはっきりと感じられ、いつものような冗談が軽々しく口から出てこない。

黒猫はこちらの全身を見て、くすりと笑う。

「な、なんで今笑ったの！」

「いや、べつに」

「笑った、笑いましたよ、あなたは！」

「よく似合ってると思ったのさ」

「嘘、絶対今のは何かべつの含みがあった」

黒猫は、まあまあと笑いながらこちらの手を軽く引いてベンチから立ち上がらせ、「行こうか」と言ってホールへ歩き出す。

高いヒールのせいかうまく歩けず、黒猫に遅れをとってしまう。後ろ姿を見ていると、黒猫が通るだけできゃーきゃー騒ぐ女子大生の気持ちもわからないではない。黒猫の教授抜擢は、結果から言えば大当たりだったなあと思う。彼の存在は高齢化しつつあった学界に一石を投じたにとどまらず、その若さと端整な風貌がメディアにもて囃《はや》され、聴講者数も学内トップクラスとなるなど、大学の知名度向上に大きく貢献したのだから。

対するこちらは、いたって地道に博士課程に進んでいる。暇人と見られてか、大学時代の同期ながら黒猫の付き人役を仰せつかってもうすぐ一年。相変わらず自信もなく美学の瓦礫を少し積み上げては崩すことを繰り返す毎日だ。

挙げ句、ヒールにもイブニングドレスにも不慣れで乙女感は限りなくゼロに近い。もう一歩先へ踏み出したいのに、その一歩が見つからない。研究もそれ以外も似た塩梅《あんばい》で、その体質を変える手立ても今のところ見つかっていない。

「とにかく、なかへ入ろうか」

黒猫がすっと手を差し出す。

「え……」

手を摑んで引っ張られることはよくあっても、こんなふうに改めて手を差し出されると、戸惑ってしまう。躊躇《ちゅうちょ》していると、

「チケット」

「あ……ああ、あはは」

小さく折りたたまれたチケットが黒猫の指と指の間にあった。受け取って広げ、もぎりの女性に手渡す。

「二階のアヴァン・セーヌですね、あちらの扉からお入りください」

人々が入っていくエントランス正面にある大階段ではなく、階段脇の奥に見える扉を指し示される。

「黒猫……これって……」

「特別ボックス席だよ」

一般席に比べて高価なことで知られるボックス席のなかでも、最上級のシート。アヴァン・セーヌは、バレエ好きなら誰でも一度は憧れる。

「ど、どうしてこんなすごい席とれちゃったの？」

「劇場オーナーの息子がとってくれたんだ。僕が今日のプリマと知り合いだから、いい席

で観たいと思ったんだろう」

バレエで主演する女性のことをプリマと言う。いわば本日の花形とも言うべき存在だ。

「……今日のプリマってつまり……」

「世界からも注目が集まりつつあるバレリーナ、川上幾美《かわかみいくみ》」

「へえ……」

自分の声が、必要以上に平静を装っているのがわかる。

実は、今夜のバレエに誘われたときに、ふと脳裏を過《よ》ぎったことがあった。それは学生時代、まだ黒猫とゼミが一緒になって間もない頃に耳にした噂話だった。

——黒猫って昔バレリーナの恋人がいたらしいわよ。

噂したのはゼミの女の子の誰かだったと思う。彼女の発言が何を根拠にしていたのかは覚えていない。きっと何かを目撃したか、又聞きの情報を頼りにしたゴシップの類だろうと思い、忘れていたのだ。

だが、黒猫の口から「バレエ」という単語が飛び出したとき、真空パックされていたそのゴシップが開封され、頭の片隅をもぞもぞと這い回った。

その〈元恋人〉が、川上幾美だったかも知れないなんて……。

川上幾美。昨年はロシアのバレエ団に招かれて『くるみ割り人形』のクララを見事に演じ切ったと雑誌で読んだ。何を隠そう自分も高校に入るまではバレエを習っていたこともあり、今でもバレリーナへの憧れは強いのだ。

今や遠き憧れとなったバレエ界の花形が黒猫の元恋人というのは、似合いすぎなようで少し気後れしてしまう。

「ん？　どした？」

扉を開きながら黒猫が振り返った。

「な、何でもない」

——バレエを観に行かないか。

黒猫に誘われたとき、そんな過去の噂に思いを馳《は》せてはっきりした返事ができないでいると、彼が説明した。

——今度の講演で、マラルメがバレエについて書いた「芝居鉛筆書き」というエッセイを扱おうと思う。だけど、マラルメを解体することに躍起になってバレエの実体から離れては研究者失格だからね。

実体から離れた研究がややもするとまかり通るのが、研究の世界の恐ろしいところだ。黒猫はつねに実体から離れない美学を提唱し続けている。ただし、大抵の研究者はまだまだ黒猫を色眼鏡で見ているところがあるのも事実。たとえ才能は認められていても、その若さで教授ということ自体が、彼への風当たりを強めているのだ。

当の本人はと言えば、そんな周囲の思惑などどこ吹く風といった感じで、時には講義さえ放棄して、自分の興味の赴くまま思考の遊歩を始めてしまう。

「ねえ、今度の講演で扱うって言ってた『芝居鉛筆書き』って、私読んだことないんだけど」

「そんなにポピュラーな文献じゃないからね」

深紅のカーペットが敷かれた階段を、慣れた足取りで黒猫はするすると昇っていく。遅れないように、あとを追いかける。

「『芝居鉛筆書き』は、バレエの〈非人称性〉について触れていて、後期マラルメの思想を読み解くうえでは重要なキーとなるエッセイなんだ。案外、君の研究しているポオの『大鴉《おおがらす》』を解体するにも有意義と言えるかも知れないね」

「え？　『大鴉』を？」

聞き返したときには、黒猫の姿はもう見えない。狭い螺旋階段では、すぐ前方を歩く姿が見えなくなる。

「大鴉」と聞くと、二ヶ月前に起こった郷田《ごうだ》教授の書庫での出来事を思い出す。あのとき取り組んでいた博士論文用のレジュメは一応の完成を見て、唐草教授からもお褒めの言葉を頂いたのだが、自分では及第点すれすれの内容だった。掘り下げが足りないのだ。

「それ、もっと早く教えてくれればよかったのに……」

少しばかりヘソを曲げてみる。

「研究者たる者、文献探しで他人を当てにしているうちは半人前だよ」

上方から相変わらず可愛げのない託宣。昨年末、八千草《やちぐさ》女史と郷田教授の一件を解決したあと、S公園からの帰り道に抱いた淡い期待が気体となって消えそうになる。

考えないと決めてから頭のなかで五十回くらい決着のつかない千秋楽を迎えていたのだが、やっぱりそう、一人相撲だったのだ。

と、突然どんと何かに衝突した。

黒猫が立ち止まっていたため、黒猫の背に顔をぶつけてしまった。

「痛っ……急に止まらないでよ」

距離が近い。燕尾服姿の黒猫を見上げる恰好で不服を申し立てる。

「っていうか君、こないだの学会発表を終えてから、ちゃんと研究やってるのか？」

「う……」

見抜かれていた。このところ上の空で研究に身が入っていないのだ。

でも、その一因は誰にあるとお思いですか、とは口が裂けても言えない。だから黙っているのに、黒猫はまるでこちらの心情など意に介さずに説教を始める。

「博士課程も残すところ二年。死に物狂いでやったところで助手になれる保証なんかどこにもないってこと、そろそろ自覚をしないと……」

「あああ、うるさいうるさい」

目を瞑《つむ》り、耳を指で断続的にふさいでやり過ごす。

せっかく煌びやかな非日常に浸りかけていたのに、あっという間に現実に引き戻される。やれやれ。

「人の忠告は聞けるうちに聞いておくものだよ」

「じゃあ明日にしてちょうだい」

黒猫は苦笑しながら数段昇って扉を開き、こちらを見ておどけるように言った。

「ようこそ、アヴァン・セーヌへ」

二列に各五席。すでに前列の二席を残して埋まっている。この少人数制は本場パリならもっと極端で、四席くらいしか用意されていないと聞く。

「行こうか」

黒猫に促されて席へ向かう。

行く先では、オペラ座を思わせる壮大な馬蹄形のホールが、客席を埋め尽くす人々のざわめきを楽器にして、ゆるやかな序曲を奏で始めていた。

2

席へ着くとき、黒猫が言った。

「でも、今日のドレスは本当によく似合ってるよ」

「今さら機嫌とろうとしても遅いよ」

「機嫌？　機嫌悪いの？」

「良くはないですねえ」

言いながら、悪くはないの間違いか、と自分にチクリ。

単純なもので服装を褒められただけで機嫌が直りかけてしまうのだから、我ながら回復能力の高さに呆れる。

「研究も大事だけど、たまには美を開花させなくてはね」

「……」

まるでいつもが蕾《つぼみ》だとでも言いたげだ。満開だと思っているわけではないけれど。

五席のうち、真ん中の席に黒猫が座った。彼の右隣では、よれよれした服装の中年男性が居眠りをしている。お世辞にもバレエ鑑賞に来たとは思えない雰囲気。何しにここへ来ているんだか。いろいろな人がいるものだ。

半ば呆れつつ、黒猫の前を通って空いている最後の一席に腰掛ける。

目の前に広がる金と赤のコントラストの世界は皇帝の宝石箱を思わせ、なかでも天井の中央で煌めくガラス細工をあしらった豪勢なシャンデリアが、贅の極みへ誘う。

黒猫が言葉をつなぐ。

「脱線したけど、『大鴉』に登場する青年と大鴉が楽器化されているという話は、この間したよね？」

「うん」

「そこでは、作中人物が非人称の存在に昇華されている」

「非人称って？」

「そうだな、乱暴に言えば、人間から意味が取り除かれて記号化された状態のことさ。ただし、単なる記号ではなく、美しい記号であるという点で音階にたとえられるだろうね」

音階と聞いて、昨年末に郷田教授の書庫に流れていたギリシア音楽を思い出す。その線的な音律はまさに美しい記号のようだった。

「ポオの詩学の系譜に名を連ねるマラルメは、さらに徹底的にこの非人称性にこだわり、語の一語一語が自立的であることを望んだ。そして、そんな彼のイデーにおいてバレエは重要な役割を果たすんだ。バレエの踊り子は、人であって人ではない。もちろん物語の人物を演じてはいるわけだが、その踊りや肉体の躍動感は人間的意味の世界を超越したものだからね」

「ふうむ」

何のことやらわからないのだが、とりあえず相槌を打つ。

「演目が『ジゼル』だというのは、芸術の記号性を見据えるマラルメなら満足しないかも知れない。でも、僕の次の研究にとっては『ジゼル』がちょうどいいんだ」

「黒猫の次の研究って？」

この一年、黒猫は何らかの模索を続けてきた。彼の守備範囲が広すぎてその実態を摑みかねていたのだが、そろそろ学界から長めの研究論文を期待されているだろう。学術書系の出版社も、この出版不況の時勢に二十四歳の美学教授を放っておくわけがない。刊行スケジュールもいくつか控えているはずだ。

「〈遊動図式〉の理論からマラルメの『エロディヤード』を解体する」

「ゆうどうずしき？　何、それ？」

ベルクソンの〈力動図式〉なら知っている。黒猫の出世論文は、『ベルクソンの図式から見るマラルメ』というものだった。あらゆるイメージの原点、そこからあらゆるベクトルへ動き出せる創造の原風景のようなもの——それがベルクソンの考える〈力動図式〉だ。

だが——〈遊動図式〉なんて言葉は聞いたことがない。

「〈遊動図式〉っていうのは、僕の造語。新しい概念だから、基礎論を組み立てるのにはじっくりと時間を割かなくてはならないだろうね」

「じっくりって……」

今の黒猫にそんな時間がないことは、近くで見てきた自分がいちばん知っているつもりだ。黒猫本人ならなおのことだろうに……。

「君の言いたいことはわかる。今の僕をめぐる環境は、たしかに良くないよ。やたら忙しいうえに、風当たりも強い。いちいち気にしていられないが、僕を異端視して、論文を読んでもいないくせに批判する連中も相変わらず多い。

唐草教授だって、そういった連中をいつまでも抑えられはしないだろう。彼らの口を封じるには、そろそろ革新的な論文をお見舞いしないといけない。ところが、今の僕にはまとまった論文を書く時間がない」

「堂々巡りね」

若くして教授になったりすると、そのぶん外部との軋轢が大きすぎて自転する速度が遅くなるのだろう。通常コースを歩む身には縁のない悩みではある。

「だから荒療治に出ないといけないなとは思っていたんだ」

「荒療治?」

「そう。でも、幸運なことに自分から打って出る必要はなくなった」

どういう意味だろう?

「まあとりあえず明後日、講堂で〈遊動図式〉についての講演をすることになってるから、興味があるならおいで」

つっこんで聞いてみたい、と思ったときだった。

「久しぶりだな、黒猫」

聞き慣れぬ男の声が、左隣から割り込んでくる。右隣にいる黒猫はそれに答えて、

「おお、塔馬《とうま》。お前に〈黒猫〉なんて呼ばれると気味が悪い」

「仕方ないさ。いまじゃそれがお前の名前みたいなものだろ？」

どうやら知人らしい。それも、恐らくは古い知り合い。

黒猫という渾名が広まる以前の。

間に挟まれ、二人の顔を交互に見る。

「あっ……」

小さな声を洩らしてしまう。幸い、周囲のざわめきのおかげで二人にも聞こえなかったようだ――と思ったら違った。

左隣の男はこちらに気づき、覚えているよ、というように目で笑った。世の中には目で笑う人がいる。黒猫も、ときどきそうだ。でも、この男の場合は、それが常態化しているのではないかという気がした。

その男――回転扉で目が合った男――は、紳士的な笑みを湛えたまま、はじめまして、と言ってこちらに会釈した。

彼はすぐに視線を黒猫に戻して言った。

「その様子だと、相変わらず美の毛糸にじゃれついてるようだな」

「それが仕事でね」と黒猫。

塔馬と呼ばれた男は痩せ細ったやや猫背気味の軀体《くたい》で頬杖をつき、開幕前のステージへと視線を向けた。そうするときの彼の目には、またメランコリーの影が見え隠れしていた。まるで悲劇のクライマックスが一足先に見えているみたいに。

黒猫が紹介する。

「こいつは塔馬。大学時代はたしか……美術史学を研究してた。専門はフランス印象派だ。違うか？」

「お前に覚えていてもらえるなんて光栄だよ」

塔馬の目は、相変わらずまっすぐにステージの幕を見つめたままだ。

「俺の短い研究史を知っているのは、今ではお前くらいだろうな。俺も卒業くらいしておくべきだったか」

「今が立派ならそれに越したことはあるまい」

「ぜんぶ余禄さ」

自分の現在をそう言い切ってしまうところに、塔馬の憂鬱の正体を垣間見たような気がした。

「輝かしい余禄だ」

塔馬は微笑んだだけで、その黒猫の言葉には応えず、代わりに、

「今度アトリエに来いよ。余禄のつまらなさを教えてやるから」

と言って黒猫に名刺を渡した。そのあとで「君もよかったら」ともう一枚取り出す。どうも、と口ごもりながら受け取る。

「かわいい子じゃないか」

「なぜ僕に言う？」

「恋人なんだろ？」

「いや、付き人」

塔馬はその返答に大笑いする。「付き人」の地位に甘んじているのは否定しようのない事実だが、わざわざその身分を明かさなくてもいいのに。ブッブッ。

「お前こそ、ここにいるということは、幾美とまだ付き合ってるってことなんだろう？」

「今年の六月には式を挙げる予定だ」

幾美は塔馬の恋人なのか。だとすると、塔馬は黒猫の元恋人と付き合っている——という可能性も？　そう考えると、二人の関係が不思議なものに思えてくる。

「早いな」

「象牙の塔の内側と違って、世間じゃ二十五と言えば女は結婚したくなる年齢なんだ」

ほうほう。道理で大学時代の同期の飲み会に顔を出すと、みんな合コンの話ばかりしているわけだ。

「なるほど。今度の講義で扱うか」

「教材費払えよ」

「だが、彼女はプリマだ。婚期に対する意識も普通の女とは違うんじゃないか？」

「幾美は今、自分を支えてくれる相手が必要なんだよ」

黒猫は少し黙ったあと、こう返した。

「五年前の彼女のように、か？」

その言葉には穏やかな毒が含まれていたらしい。塔馬はそこで初めて黒猫の顔を見つめた。

「それとこれとは別だ。彼女の代わりなんかいない」

どうやら二人の間には過去にただならぬものがあるようだ。

五年前――一体、何があったのだろう？

そのとき、黒猫が立ち上がる。

まさかこんなところで揉め事でも始める気かと心配になったが、黒猫は「ちょっと電話」と言ってポケットから携帯電話を取り出し、フランス語を話しながら廊下へと消えてしまった。

「気になる？」

自分への言葉だとは思わなかった。が、隣を見ると、塔馬の顔はこちらに向けられていた。

「え？」

遅れて反応する。

「五年前のこと」

気にならないわけはないが、今日初めて出会った人間にそんなことは言えない。

「はあ」

曖昧に返事をすると、ニコリと笑みを返された。

朗らかなその微笑は、すっと心に入ってきて、かつ嫌味を感じない。初めからしぜんと親しい気持ちに持っていくことのできる人間。こういった雰囲気は作ろうと思って作れるものではない。恐らく生得のものだろう。

「実はね、ここだけの話、五年前に黒猫は天才プリマと同棲してたんだ」

「え……」

五年前に、同棲？

五年前と言えば、まだ知り合う前のことだし、何があっても驚きはしないけれど……。

黒猫と同棲というイメージがうまく結びつかない。本当なのだろうか？

「興味があるなら、明日の十一時にアトリエにおいで。教えてあげるから」

何と返事をしようか迷った。話を詳しく聞きたい、という気持ちはある。だが、塔馬がどんな人間なのかまだ何も知らない。

「そんなこと、急に言われても困ります……」

「どうぞ、ゆっくり考えて」

塔馬はパンフレットに目を落としながらそう言った。

気まずさに席を立ち、少しロビーで頭を冷やそうと階段に向かいかけた扉のところでばったり黒猫と遭遇する。

「電話、終わったの？」

「ああ」

「フランス語だったよね？」

「地獄耳だな」

「どうしたの？」

「ラテスト教授からさ」

黒猫のパリ留学時代の恩師、ジャン・フィリップ・ラテストは、現代美学の巨人である。また、美学のみならず哲学史にも確かな足跡を残している。そんな人物が携帯電話に直接連絡してくるとは、一体何事だろう？

「どうした？　不機嫌な豆みたいな顔して」

誰が豆なものか。

「開演までそこのソファで少し話そうか」

ソファは、扉のすぐ脇のカーテンで隠れたところにある。奥まっているために席から見えないばかりでなく、程よく離れているので話し声も聞こえない。貴族たちはかつて観劇中でも話をしたくなればそこに移っていたのだろう。まるでそこだけ特別な時間が流れているような錯覚に陥る。

「……何か飲みたい」

黒猫は、ふむ、と頷き、扉の左側に向かって歩き出す。そこにはワインやシャンパン、ビールのサーバー、珈琲、紅茶のポットと食器が置いてあった。至れり尽くせりとはよく言ったもので、ここまでホスピタリティが行き届いているのかと舌を巻く。

戻ってきた黒猫からミルクティを受け取る。その温かさで、自分の手の冷たさを初めて知った。

二人で並んでソファに座る。柔らかすぎて思わず身体のバランスを崩し、黒猫に寄りかかった。

「ご、ごめん……」

慌てて身体を離す。そんなこちらに構うことなく、黒猫は外界からの目を遮る深紅のカーテンを指先で撫でながら言う。

「このバレエ・ホールはガルニエ宮を思わせるクラシックな様式を、ファン・デル・ローエ風のユニバーサルスペースの概念と融合させている」

　ただのクラシック風ではない、とは何となくわかっていたが、間仕切りによる空間の可変性を確立したユニバーサルスペースの概念が用いられているとは思わなかった。

「だから柱や壁が極端に少ない開放空間が広がっているのに、カーテンやパーテーションなどを使うことで隠れ家や洞窟を思わせるいびつな雰囲気を作り出すことに成功しているんだ」

「何か意味があるのかな？」

「たぶん舞台の魔物を騙すシステムなんじゃないかな」

「舞台の魔物を――騙す？」

「舞台に上がる人間を襲う失敗という名の魔物は、当然のごとく演者よりも建物の構造を熟知している。だから、見せかけの間仕切りによって、開放的な空間だという事実を魔物から隠しているんだ。でも、そんな建築思想も、五年前の悲劇の前では機能しなかった」

「五年前の――悲劇？」

　黒猫はただ静かに頷いた。

　五年前の悲劇とは何だろう？　さっき黒猫が塔馬に言ったこととも関係があるのだろうか。

「そのせいもあるんだろうな。今日のプリマの幾美は、上演開始ぎりぎりに現れる習慣がある。舞台の魔物に憑かれないように」

「信心深いのね」

「あると思うものの前には、それは現実にある。たぶん今日なんかは特にそうなんじゃないかな。なにしろ、五年前と同じく『ジゼル』で、今度こそ彼女がジゼル役をやるんだからね」

五年前と同じく『ジゼル』……なぜか記憶が疼《うず》く。

「ところで、『ジゼル』のあらすじは頭に入ってる？」

もちろん、とばかりに指で丸を作って見せた。

「ずいぶん都合のいいあらすじだよね、『ジゼル』って」

「男性的、と言いたいんだろ？」

「うん、まあ」

黒猫はふっと笑う。

「ゴーチエの台本は、あるいは男性的と言えるのかも知れない。でも実際の舞台を観れば、君も考えを変えるはずだよ」

「ふうん、楽しみですね」

ちょっと嫌味な感じで言う。

実は『ジゼル』を観るのは初めてではない。子どもの頃に一度観ている。そのときにも、同じような感想を抱いた。男性的な、都合のいい筋書き。果たして、大人になった自分の感想はあの頃と違うのだろうか？

物語はドイツのとある農家から始まる。

少女ジゼルと青年ロイスの恋物語。だが、このロイスは本当はアルブレヒトという貴族なのだ。ジゼルに恋する村の青年ヒラリオンの策略によってアルブレヒトの正体が暴かれると、ジゼルはショックのあまり気が触れ、踊り続けるうち息絶える。ここまでが第一幕。

第二幕の舞台はジゼルの墓のある森。そこでは処女のまま死んだ女性たちの霊ヴィリが森を通る男たちを踊り狂わせては殺す。

ヴィリの一人になったジゼルは、女王ミルタの命令に従い官能的な踊りでアルブレヒトを死の舞踏へと誘惑する。アルブレヒトは彼女を求めて肉体の限界まで踊り続け、死を垣間見るが、危機一髪のところで朝になり、ミルタの魔力が消える。ヴィリたちが立ち去るなか、ジゼルはアルブレヒトに変わらぬ愛を告げ、その後を追って消える。

「演劇だったら、おセンチな筋《ミュトス》だとケチをつけて終わることもできるんだ。でも、これはバレエだ。バレエにおいてはありきたりなメロドラマが一瞬にして崇高な芸術に変わる瞬間が訪れる。

以前僕がパリで観たべつのダンサーによる第二幕は、陳腐な主題を軽々と超えたイデーを提示してくれる優れた舞台だったよ」

「陳腐な主題を軽々と……」

「まるで重力から解き放たれたバレエそのもののようにね」

「でも今日演じるのはパリのダンサーじゃない……でしょ？」

「そう。だが、近年の幾美の評価はうなぎ登りだ。先日のバレエ専門誌では、辛口で有名なバレエ評論家がマリシア・ハイデの再来とまで言っていた」

ハイデはブラジル出身の有名なバレリーナだ。あのハイデを引き合いに出されるのなら、幾美の舞台も期待できるものかも知れない。

「ハイデは、ダンサーでもあり女優でもある、と評されたことがある。記事はそれを踏まえて、幾美を『身体言語なき女優』と表現した。幾美は超絶技巧を持っているわけじゃないし、バレエをやるために生まれたような完璧なプロポーションを持っているのでもない。でも、幾美には女優としての素質がある」

女優としての素質が、バレエにどうつながるのだろう？

「まあ、見てのお楽しみ」

タイミングをはかったように、開幕ベルが華やかに鳴った。

「そろそろ戻るぞ」

黒猫が空いたティーカップをすっと手から抜き取り、トレイに戻した。

3

第一幕。

闇が朝日に溶けきらぬ青い時刻。広場をはさむようにして二軒の家が建っている。一軒が、貴族のアルブレヒトがロイスという若者に身分を偽って借りている小屋。もう一軒が、ジゼルの家だ。

剣をもち、マントをかぶった一人の男が従僕とともに現れる。アルブレヒトの登場だ。二人は自分たちの小屋へと消えてゆく。続いて現れた森番のヒラリオンは、ジゼルの家の軒先の花瓶に花をさして走り去る。彼女に気があるのだ。

再びアルブレヒトが扉から現れる。さっきの貴族然とした出で立ちから、村人らしい軽装に。アルブレヒトからロイスへ、変身完了。

彼は従僕との口論の後、ジゼルの小屋の扉をノックして隠れる。

現れたのは、何も知らないジゼル――川上幾美だ。

恋する乙女の表情を浮かべた〈ジゼル〉がそこにいた。こちらまで狂おしくなるような仕草で華麗に舞い、ロイスを探している。そう、彼女はロイスの正体を知らずに恋焦がれているのだ。

そして、隠れていたロイスが出てきた瞬間の戸惑いと恥じらい。自然と胸が高鳴る。ロイスは彼女を促して椅子に座らせ、求愛を始める。徐々に心が打ち解ける二人。パ・ド・ドゥ。男女の踊り。緩やかなメロディに合わせてアダージオを舞う。彼女の心が刻一刻と変化する様が表情で、マイムやパで、繊細に表される。彼女の心が赤く色づくのさえ見える気がする。

観客を魅了する軽やかな跳躍、ジュテ。

要求されるのはテクニックではなく、恋の喜び。幾美の踊りは、それを余すところなく伝えている。

ジゼルはロイスの愛を受け入れ、幸福の花びらに埋もれてゆく。つかの間の、満ちたりたひととき。そのまぶしいほどの笑顔に吸い込まれ、しなやかな動きの一つ一つから目が離せなくなる。

たしかに幾美のバレエに際立った身体性はない。しかし、高い演技力を引き立たせるにはじゅうぶん過ぎるほど、動きもまた作りこまれたものなのだ。

細部まで行き届いた演出も素晴らしい。照明は肉体が紡ぎだす美の動線を的確に照射し続け、無駄な装飾性のないシンプルな音楽が、踊りにさらに色を添える。まるで、踊り子たちが音楽を動かしているようにさえ聴こえる。

流れもいい。嫉妬心をたぎらせた森の番人ヒラリオンを追い払うために、貴族のように振る舞って馬脚を現しかけてしまうアルブレヒト。ダンサーたち一人一人が第一幕の終盤へ向けての伏線をはっきりと理解して動いている。

『ジゼル』の話の筋は単純だが、それゆえに、筋書き通りにただ踊っているとストーリーの大仰さが目立ち、作中人物への感情移入が難しくなる。それればかりはいくら緻密に演出や振付を考案されても、足りない。最終的にストーリーや登場人物にリアリティを与えるのは、やはりダンサーなのだ。

場面は変わって、舞台のうえに艶やかな衣装に身を包んだ公爵の娘バチルドが登場していた。

いやな場面だ。

ジゼルはバチルドの服装に見惚れて思わず近寄って触れてしまう。彼女が自分の愛する男の婚約者だとも知らずに。彼女はジゼルに心優しく対応し、自分が身につけていた首飾りをプレゼントする。ジゼルの母親はバチルドとその父親を部屋でもてなす。

その後、これも伏線だが、貴族の男たちは角笛を合図に戻ってくることを確認し合い狩りへと散っていく。

それを見計らって、ロイスが住んでいる小屋から、ヒラリオンが出てくる。

その手には——。

剣とマント。

何かが脳裏を過《よ》ぎる。

五年前の悲劇。

ああ、五年前の『ジゼル』では、あの剣が本物に替わっていたのだ。

背筋がぞくりとする。目鼻立ちのはっきりとした美貌のバレリーナが目を見開き、舞台の上で血を流しながら倒れる様が今にも目の前に浮かぶような気がした。

ふっと現実に帰る。

音楽が陽気な曲調に一転。葡萄収穫祭だ。川上幾美扮するジゼルの、第一幕での見せ場とも言えるシーン。可憐で純粋なジゼルが、ピケ・ターンから、水の上を歩くようなパ・ド・ブレを経て、高速で回転を連鎖させるシェネ。踊りに合わせてスピードを増す音楽とともに会場が熱くなった。惜しみない拍手。飛び交う花束。

川上幾美は、安定感のある強靭な下半身と、重力から解き放たれたような上半身の動きを両立させ、そこに収穫祭としての高揚感さえ漂わせている。これはプロだからと言ってそうそう誰にでもできる踊りではないだろう。

踊りの終わりに姿を現すロイス。

対するは、死の宣告人、ヒラリオン。

正体がバラされるシーンだ。ヒラリオンに貴族の証である剣とマントの存在を暴露され、逆上するアルブレヒト。

　そのとき、ヒラリオンが角笛を吹く。

　狩りから戻ってくる貴族たち。さらに室内にいたバチルドが現れ、奇妙な軽装をした自身の婚約者をとがめる。

　――人違いです。この人の名はロイス。私の恋人です。

　ジゼルはバチルドと自分の恋人の間に割って入る。

　だが、バチルドは怪訝《けげん》な顔をしている。

　――何を仰るの？　この方は私の婚約者よ。

　愕然とするジゼル。

　彼女は、くらくらとバランスを崩しながら、それを支えようとする人々の手を振り払い狂ったような舞を披露する。

　その手には、自分を騙した男の剣。

　このシーンにはいくつかのバージョンがあって、心臓が弱いために発作を起こして死ぬものもあれば、剣でもって自殺を図るものもある。今回はどの演出なのだろう？

　ランダムな動線を描きながら死へと向かうジゼル。

　幸せだった頃の甘やかな回想から、失意の現在までをひらひらと舞い散る木の葉のような繊細な動きで表しながら、ついに将来の夫と信じた男の腕のなかに倒れる。

　今回は、心臓発作のほうだ、と思った。

ジゼルの死を悲しむように、彼女の髪に顔を寄せるアルブレヒト。
そのときだった。
アルブレヒト役の男性が、ビクリと身体をのけ反らせた。
ジゼルの髪から彼の顔が離れ、
そのままバランスを崩して後方へ――。

転倒した。

オーケストラの演奏に動揺が走り、チェロの音色が歪む。
演出？
いや……そんなはずはない。
こんな演出があるわけがない。

だって――。

このシーンは――ジゼルが死ぬ場面なのだから。

それなのに――。

ジゼル役の川上幾美が、驚いて身を起こしてしまった。

ほかの演者たちも自分たちの役目を忘れたような表情で凍りついている。

オーケストラは、完全に演奏を諦めた。

何？　何なの、これ？

アルブレヒト役の男性が、何が起こったのか理解できない様子でへたり込んでいる。

二階の桟敷からは演者の表情までもがはっきりと見える。幾美の表情にさっきまでのジゼルの悲哀はない。

次の瞬間、再び会場がざわついた。

川上幾美は、アルブレヒト役の男性に無慈悲な一瞥《いちべつ》をくれると、上演中にもかかわらず怒りをむきだしにして舞台の袖へと歩き去ったのだ。

ジゼルが歩いて退場？

前代未聞である。

息絶えたはずのジゼルが、起き上がって退場した。

「今日はもうお開きだね」

ポツリと黒猫が呟いた。

そんな……せっかくここまで完璧だったのに？

場内のどよめきは、収まるどころか大きくなるばかりだ。舞台上に残された演者たちの戸惑い、そしてアルブレヒト役の青年の惚《ほう》け顔。

ジゼルが、去ってしまったのだ。

何が起こったのだろう？

舞台の上も、会場も——ひどく、混沌としている。

場内の喧騒をよそに、第一幕は予定より早い閉幕となった。閉じた幕に罵声を浴びせる人々の感情を逆撫でしそうなほど冷静な声で、アナウンスは淡々と流れた。

《誠に勝手ながら、本日の公演はこれにて終了とさせていただきます。なおチケットの払い戻しにつきましては……》

本当に中止なのか……。ブーイングの嵐と化したホールのなか、しばし放心状態に陥った。

しかし、その後まで心に引っかかったのは、舞台の上の騒動ではなく、観衆のどよめきに消されてもおかしくないほど、とても小さい声でありながらたしかに聞こえた塔馬の呟きだった。

「復活した……」

彼はそう呟いたのだ。

恍惚とした表情で閉じた幕を見続ける塔馬は、あるいはすでにもう一つの悲劇をそこに見ていたのかも知れない。

4

黒猫と塔馬の三人で、場内の不協和音から逃れるように二階のホワイエへやってきた。すでに十数名の先客がいて、舞台上のハプニングについて何やら噂をしているようだった。

「明後日のチケットならまだ何とかなる。二人分融通しておくよ」

と言って塔馬は黒猫の肩を親しげにポンと一度だけ叩き、去っていった。

その後ろ姿を見ながら、黒猫に尋ねる。

「婚約者だからって、チケットの融通とかできるの？」

「さっき言った劇場オーナーの息子が奴だよ」

「そうだったんだ……」

言われてみれば、生活感のない浮世離れした雰囲気は裕福に生まれた者に特有のものかも知れない。

気になるのは、今の舞台上でのアクシデントについて何も触れずに塔馬が去ったことだ。

不自然と言えば、これほど不自然なことはない。

気にならないのだろうか？

「アルブレヒト役の人、体調でも悪かったのかな？」

「どうかな。そういう倒れ方ではなかったようだが」

「倒れ方？」

「もっと直接的な刺激を受けたような感じだったね……」

たしかに、まるで見えない何かに顔面を殴られでもしたかのような動きだった。

「ダンサーを交代して続けたりはしないのね……」

「川上幾美は日本でこそ有名になり始めているが、世界ではほんの一度成功を収めたにすぎない。一回一回が重要なんだ。代替のダンサーと息の合わない舞台を続けるくらいなら、中断したほうが身のためだろう」

「バレエ・マスターは？」

「ロシア・バレエ界出身の鬼才アナトーリー・ダニエリ。五十七歳の腰痛持ちに代替を迫るのは酷だろうね」

アナトーリー・ダニエリ。

日本かぶれのおかしなロシア人で、ずいぶん昔に日本国籍まで取得したはずだ。現役時代の映像では、艶《なま》めかしくもキレのある唯一無二のバレエを体現していて、現在とのギャップに驚かされた。

「それに、きっかけを作ったのはアルブレヒト役の青年だけど、舞台をボイコットしたのは幾美自身だ」

観客などいないかのように怒って歩き去った幾美の姿を思い出す。

どうやら今夜の『ジゼル』は本当に諦めるよりほかないようだ。

「出ようか」

「うん……そうだね」

聞きたいことが山ほどあった。今のハプニングのこと。そして塔馬のこと。それから、〈元恋人〉のこと。だが、この不穏な洪水のなかに綯《な》い交ぜにしたくはなかった。

コートを着て立ち上がり、客たちの対応に追われている劇場スタッフを尻目に、回転扉から冬空の下へ。

5

雑音がふっと消える。

冷たい夜の縮こまった空気が、耳元に囁きかける。

「二月ってこんなに寒いんだっけ」

　素直な感想が洩れた。

「いつも忘れちゃうんだよね。何となく一月が終われば、あったかくなって春が来るような気がして」

「体内学習能力が低いんだね」

「鈍いって言いたいんでしょ？」

「季節音痴なだけだよ」

「む……」

　歌があまり得意でないせいか、「音痴」と名のつく表現に敏感になる。体感と現実の間の溝を埋めるのが苦手なのだ。研究でも、自分の出した結論が独りよがりなのか、そうでないのか、毎回判別がつかない。

「いいじゃないか。そのたびに季節に驚かされるってことは、結果的に季節に敏感ってことだからね。季節を体感として完全に記憶してしまったら、四季の移ろいを愉しめなくなるだろう」

「慰めどうも」

　ふふ、と黒猫は笑う。

　坂の多い道を右へ左へと曲がりながら地下鉄の雑司が谷駅へ向かう。古き良き東京の記憶をもつ邸宅街。そこかしこに見える木々は、今は枯葉さえもほとんど残っていないけれど、春には桜色に染まり、夏には万緑を謳うのだろう。もう少し先まで歩くと、都電に出くわすはずだ。今度は昼間に来てゆっくり都電に乗ってみたい。

「昔の暦では、二月は仲春だ。万緑の季節へと静かに支度を整えながら、身の引き締まる寒さに目を光らせる。うららかな生と静寂の死が背中合わせにある。ちょうど『ジゼル』みたいじゃないか」

「ジゼルみたい？」

「舞台が途中で終わってしまったのは残念だったね。でも、君もバレエをやってたなら、一度くらい『ジゼル』を観たことあるだろ？」

「え？」

開いて見せた覚えのない引き出しから、マジシャンのように過去を取り出されて驚いた。

「い、言った？　私、バレエやってたって言った？」

「言ってないよ。でも、さっきホールを出るときに『バレエ・マスター』って言ったろ？　あんな単語を普通は知らない」

なるほど。言葉はおしゃべりな生き物だ。

バレエ・マスターとは、すべてのパートを覚えていて動きの指導に当たる人物で、その多くは振付や演出も兼任する。

「もっと言えば、日本ではバレエ・マスターを迎えて公演すること自体多くはない。君が一度は本格的にバレエに浸っていたことがわかる。それに、気づいてないだろうけど、君は姿勢がいいし、歩き方もきれいなんだよ」

「まあ、ホント？」

自分の頬に両手を当てておどけてみせる。

「歩き方の話だからね？」

わかってますよ！

「具体的に言えば、つま先を開いて歩く」

「私、今でもそんな歩き方してる？」

「アン・ドゥオール。もう癖になってるんだろうね」

アン・ドゥオール。バレエの基本で、股関節から足先までを外側へと開いた外股の姿勢。高校に入ってからだいぶ直したつもりだった。でも、脚の内側の筋肉を使って歩く癖は完全にはとれていない。

「んー、そうでしたか」

「『ジゼル』を観たのも今日が初めてじゃなかっただろ？」

「うん、実は」

「第一幕は生、第二幕は死を表現している。そして恋と愛の狭間で生じる憎しみ、喜び、悲しみがあり、慈愛がある。『ジゼル』には人間のすべてがあると言っても過言ではないよ」

「ふうん。黒猫が『ジゼル』を評価してるなんて知らなかった」

「もちろん、演者次第ってところはある。ちょうど五年前、僕はこのホールで『ジゼル』を観ていた」

五年前――。まただ。

「覚えてない？　五年前、舞台の魔物が一人の天才プリマの命を奪った。プリマの名は花《はな》折愛美《おりまなみ》」

「うん、さっき観ながら思い出してた」

その事件は覚えていた。まだ黒猫と出会っていない大学二年の冬。舞台上で自殺した天才プリマ花折愛美の名は、死後しばらくマスコミを騒がせていた。

「彼女の演じるジゼルが失望のあまり踊り狂うシーンは圧巻だった。ただ、そこにある狂気が第二幕での静謐な霊魂のジゼルへと変容するドラマティックな瞬間を観ずに終わってしまったのが、非常に残念だったけどね」

半狂乱になったジゼルが、自殺を図る。その剣が、本物にすり替わっていたのだ。

二幕の始まる前――一幕の終わり。

今回と同じだ。

偶然？

なぜ、いま黒猫は五年前のことを口にしたんだろう？

急に塔馬と黒猫のやりとりが思い返される。

――五年前の彼女のようにか？

やはり二人の間に、かつて何かがあったのだ。

「あの塔馬さんって、何をしている人なの？」

「塔馬陽孔《ようこう》って言えば、名前くらい聞いたことあるだろう？」

「え……あのガラスアートの旗手の？」

塔馬陽孔は二年前に颯爽とガラスアートの世界に現れ、立て続けにフランスの芸術コンクールの銀賞に輝き日本のメディアで脚光を浴びた。

甘い顔立ちで主婦層に人気だと噂で聞いたことはあるが、言われてみれば塔馬にはアーティストにありがちな神経質さはなく、柔らかい物腰が大衆に受け入れられるのも頷ける。

「アトリエ」というのは、ガラスアートのアトリエなのか。

そう思いながら、明日の午前中、どうしようか、と考えた。

いろいろ気になることがあるのは確かだ。そのなかのいくつかの答えを塔馬が握っているのも。だが、まだうまく判断できない。

坂道を上る。めまいを起こしそうになるほど急な坂だ。

「この坂……キツすぎない？」

「のぞき坂って言ってね。東京一傾斜がきついことで有名なんだよ」

「詳しいね」

「昔この近くに住んでたんだ」

「阿佐ヶ谷の前？」

「そう」

黒猫と出会って、もうすぐ四年が経とうとしている。最初に会ったとき、黒猫は阿佐ヶ谷の安普請《やすぶしん》のアパートに住んでいた。今のS公園近くのマンションに越したのは、二年間の仏留学から戻った後で、雑司が谷にかつて黒猫が住んでいた頃は、まだ出会っていない。一瞬、五年前に同棲していた、という塔馬の話をまた思い出す。この近くの家で、黒猫は一人のバレリーナと暮らしていたのだ。そういうことは考えないようにしようと思うほどに、ぐるぐるとオモチャの兵隊のように頭を行進するので困る。

「この周辺は坂道が多い。その地勢が、空を大きく引き立たせるんだよ。見てごらん」

坂をやっとの思いで上りきったところで、黒猫は振り返って空を示す。同じようにそちらを見た。

本当だ。空と向き合っている。満天の星の隅に、黄金の満月が輝いている。

「この街を歩いている感覚は、バレエを見ているときの感覚に似ている気がする。美の曲線によって思いがけない次元に引き込まれてゆく。その経験がときに創造者の手を完全に離れてしまう」

バレエの魔力。

創る者、踊る者、観る者、ベクトルこそ違え、バレエが今日《こんにち》まで愛されてきた所以《ゆえん》はそこにあるのかも知れない。動き続ける美のラインを見るうちに、魂が深い闇を抜け出て、まばゆい煌めきに誘われる。それは、言語やストーリーを超えた体験となるだろう。

そのとき、一枚の木の葉が、目の前をゆっくりと、左右に小さく振れながら落下していった。

「ジゼルの崩壊のなかにも重力の法則は働いているだろう。だが、その生命を終える最後の一瞬まで、ジゼルの舞は軽やかだ。そして、死後、さらにその軽やかさは超人的な美へと昇華する。枯れ葉が命をなくしてから風に踊るようにね」

枯れ葉——踊る——死の世界。

今、何かが見えた。

虚無の先にそこはかとなく漂う、生も死も超越した世界——。

その世界の名は——。

「あらゆるものを支配しているのは、美だ」

いつになくはっきりと、黒猫は言った。

黒猫の横顔。彼が概念の世界を彷徨しているときの横顔は、何とも言えず詩的で叙情性に溢れている。

「人間の生きている時間なんて、生まれる前と死んでからの時間に挟まれた閃光みたいなものだよ。その光は、消える最後の瞬間まで美に支配され続けるんだ。美が絶対的存在であり、その命令から逃れることができない」

何だろう。黒猫は、何かを摑みかけている。

いやな予感がした。

遠くへ行ってしまう。黒猫が、手の届かない遠くへ。

「今の黒猫の研究にバレエはどう関わってくるの？　そこでもやっぱり『ジゼル』は重要なの？」

話題を変える、というより、まとわりつく美の幻影を追い払いたくて言った。

「そうだな、その話は、奥深い地の底でするとしようか」

黒猫は、そう言って雑司が谷駅の階段を降り始めた。

6

改札をくぐってから黒猫は電車の発車時間を確認した。

「まだ十分ほどあるね。まあ座りなよ」

「私はジゼルじゃありませんよー」

第一幕の冒頭で、アルブレヒトはジゼルを広場の椅子に座らせた。

「誰も求愛したりしないから」

ああそうですか。

「じゃあ遠慮なく」

副都心線の駅構内は、不思議な開放感がある。地下にいる閉塞感がないのは、某建築家の功績によるところが大きいのかも知れない。ただ開放的なのではない。地下には地下の良さがある、と空間に教えられている感じがする。

「まず、僕の研究について語るより、君の『ジゼル』観にある小石をどかそうか。君は原作に対して思うところがあるようだね」

ありますとも。

ここぞとばかりに気になっていたことを尋ねてみる。

「テオフィル・ゴーチエは、どうしてヴィリを題材に選んだのかな？」

「ん？　どうして、とは？」

「ヴィリって、ハイネの『ドイツ論』にも登場する伝説の妖精でしょ？」

「そうだよ。婚姻を目前にして亡くなった女性の精霊たちが、夜毎男たちを踊り狂わせて死に至らしめる」

「どちらかと言えば暗く怖い伝説だよね。『ジゼル』のテーマとヴィリの性質は相反するものだと思うんだけど……」

「なるほどね」

呪い殺す精霊になったのに、ジゼルはほかのヴィリとは違う役割を担わされている。彼女はアルブレヒトを赦し、命を救うのだ。自分にひどい仕打ちをした浮気男を。

「ジゼルがヴィリになるならば、あの結末は妥当じゃないと思うの。なんていうか……」

「でもさ、それじゃあロマンティックにならないよ」

「んん、そうだけど」

たしかに、最後にアルブレヒトが呪い殺されてしまったのでは、有名な古典悲劇の焼き直しになってしまうだろう。

「結局、君はゴーチエの筋書きが男性的なご都合主義の脚本だってところにこだわってるんだろう？」

「……まあ」

「ゴーチエはロマン主義の作家だ。ロマン主義は、絶対王政の崩壊を踏まえて起こる芸術運動だよね。なかでもフランスという国は、国王が死刑にされた国だよ。これは当時としては本当にセンセーショナルな出来事だったんだ。絶対王政は神に選ばれた王が絶対権力をもつ体制。つまり王＝神。その王が死刑になった。どういうことかわかる？」

「つまり……神が殺された」

「そういうこと。国王処刑は、フランスが〈神殺し〉を行なった国だということを端的に示唆している」

「ふむ」

話はわかるが、なぜいま絶対王政の話なのだろう？

「ロマン主義はいわば、旧体制から個人の独自性を解き放つ運動だった。フランスの作家ゴーチエは、個人を解放するために、神話からの逸脱者を作ったんだよ」

「神話からの逸脱者……？」

「ジゼルはヴィリという伝説上の精霊になった。でも、個人の魂は、そんな伝説の特性に縛られるものではない。ゴーチエは、抑圧からの解放をジゼルに象徴させる。だからこそ、彼女はヴィリという自らの属性から離れてアルブレヒトを赦す。人間はかくも自由なのだ、とゴーチエは言いたいのかも知れない」

「ううむ」

男性的視点による陳腐な筋書きと思っていた自分の浅はかさが恥ずかしい。

「もちろん、君の言うとおりご都合主義な部分もあるんだよ。もしかしたら、そこにはゴーチエのプライベートな事情もあったかも知れない」

「プライベートな事情？」

「初演のジゼルを演じたのはカルロッタ・グリジというイタリア出身のバレエダンサーだ。ゴーチエは当時、相当彼女に入れ込んでいたらしいが、結局彼女がゴーチエの愛を受け入れることはなかった。彼女には芸術監督の夫がいたからね」

「それが、『ジゼル』の筋にどう関係してくるの？」

「グリジが自分に対して持つことのない感情のすべてを、舞台上で彼女に演じさせたかったのかも知れない」

「じゃあ、やっぱり男のご都合主義の物語じゃない？」

「そこはあえて否定しないよ」

あっさり言われてやや拍子抜けしてしまった。

「芸術家にはミューズが必要なのさ。いつの時代もね」

いつの時代も、というところが引っかかった。何となく、塔馬の顔が浮かぶ。

「それで？　ゴーチエは諦めたの？」

「まあね。諦めた、と言うべきか。グリジの妹のエルネスティーヌという歌手と結婚した」

「うう、それって微妙……。妹はグリジとの関係を知ってたのかな？」

「好いていたことは知っていただろう。でもグリジはすでに結婚していたわけだし、妹は成立していない恋は存在しないも同じとシンプルに考えて、あまり気にしなかったのかもね」

そんなものだろうか。自分には姉も妹もいないからわからないが、自分に似た部分のある姉を好いていた男が自分に求愛してきたら、絶対その後も姉に近づけさせないのではないか。

「と、まあ世俗的な部分で解釈するのも面白い。でも、結局ゴーチエのプライベートな事情がどのようにこの物語に絡んだにせよ、ゴーチエが神話からの解放を謳ったのは確かだし、何よりこのバレエの魅力はありふれた筋書きから最終的に踊り子が解き放たれるところにある」

世俗的な話をしたのはどこまでが〈小石〉かを見分けさせるためだったのだ。

「人間の美と悲劇性のコントラストが最大限の効果を上げている点で、『ジゼル』は非常に成功している。そして、最後にジゼルがアルブレヒトを〈赦す〉という行為に至るとき、それは男性的なご都合主義を超越した静謐なカタルシスをもたらすんだ」

ここまで説明されて、自分のなかにあった『ジゼル』への偏見がとれかけていることに気づく。黒猫はたしかに〈小石〉をどかしたのだ。

「それで、そこに黒猫の〈遊動図式〉はどう関わってくるわけ？」

「マラルメは、バレエにおける踊り子は非人称状態にあるとしている。いわば踊り子が美しい記号となって、観客の想像力にゆだねられる。そのとき刺激される観客の脳内の動きは、ベルクソンが提唱した力動図式のような、ある明確な像へ向けて力動する一点というだけでは説明しきれないものだ。

僕の考えた〈遊動図式〉の概念は、言ってみればベルクソンの図式の発展形。バレエの踊り子のように不定形で自在に動き続ける一点。何か一つの像ではなく、さらにその点自体が幾多の創造性をはらむような点」

それを理論化するのは大変な労力だろう。いまだ新しいテーゼの片鱗も見出せないこちらとしては、黒猫の才能の削り節でもほしいと思うが、そこはないものねだり。

「踊り子は透明な存在だ。身体を出発点としながら、身体を離れた表現体となる。塔馬が以前言っていたよ。バレリーナはガラスよりもガラスだってね」

「ガラスよりも、ガラス」

「彼もマラルメのように、バレエのもつポエジーを作品に取り入れたいんだろう」

塔馬と川上幾美の恋。それは美の宿命を背負った恋なのか。

「君の前回のレジュメは、実に深いテーマの一端を匂わせていた。もし次の一歩を踏み出せずにいるのなら、さらに同じ命題を掘り下げてごらん」

「んん、たとえば？」

「だから、そうやってすぐ人に答えを聞こうとするんじゃない」

　おでこを小突かれた。

「痛ッ……」

「君は集中してるときはすごいんだけど、斑気《むらき》があるのがいけない。バレリーナみたいに自律性を強化しないとね」

「バレリーナみたいに？」

「昔、一緒に住んでた頃の幾美は、舞台で美しく見えるためにどうするべきか考え続けて毎朝毎晩、ハードな筋力トレーニングを自分に課していた。君も思考のトレーニングくらいは毎日少しでもやってみたら？」

　一緒に住んでた……。

　一瞬――音が消えた。

　心臓の音だけ。ほかには何も聞こえない。

　メトロのホームに風が吹いた。

　ファーっという音。ああ、電車が来る。

　そのとき、また黒猫の携帯電話が鳴った。電話に出る。

　何事かフランス語で言葉を交わした後で、通話口を押さえる。

「悪い。今日はここで。長くなりそうだから」

「……」

「ああ、それから、君が何を考えてるかはだいたいわかるけど、この一件には首を突っ込まないほうがいい。実にプライベートな事件だから」

そう言って黒猫は通話口の手をどかし、また電話の相手と話し始めた。

電車が停まり、ドアが開く。

本当はちっとも乗りたい気分ではなかった。

何なの？　「プライベートな事件」って何？

余計にもやもやしてきた。

そう言ったときの黒猫の目が、厳しくも優しかったから特に。

ドアが閉まる。

黒猫は通話を保ったまま、一度だけ手を振った。

ぼんやりと手を振り返すうちに、電車が動き出した。

黒猫はすでに背中を向けて話している。

黒い背中が遠くなり、電車は真っ暗な道を進み始めた。

その暗闇が、心の闇に重なる。昔から、すぐ自分の心に蓋をして、逃げ出してしまうところがある。

きっとこれからも、自分は逃げるだろう。傷つきたくないから。

まだ何も始まっていないうちから、身構えるのだ。

目をつぶってため息をついた。

と、同時に、塔馬の言葉が思い出された。

——興味があるなら、明日の十一時にアトリエにおいで。教えてあげるから。

目を開く。

黒猫の言うとおり、人に答えを聞くばかりではダメだろう。ときには自分で動かなくては。一秒前の自分には考えもつかない決断を下すべつの自分がいる。

身体はいつも現在と未来で仲間割れしているのだ。

第二章　後悔

1

吉祥寺は、強いアイデンティティをもった街だ。ほかの中央線沿線の街並みとも違う、独特の垢抜けた雰囲気が漂っている。街中にベンチが多くてちょっとした休憩がしやすいのも、外国風と言えなくもない。

学生時代の友人がこの近くにある帰国子女の多い高校の卒業生だったこともあって、そのユニークな女学生たちの印象でこの街を捉えていたが、あながち間違ってもいなかったかなとも思う。

商店の並びを過ぎて、住宅街に出る。歩き続けて奥まったエリアに入ると、いわゆる瀟洒な邸宅とも違う、一風変わった家々が見えてくる。この辺りに芸術家が多く住んでいるのだろう。

ポケットから名刺を取り出し、住所を確認する。

この近くのはずだ。

右往左往し、ようやく昨夜ホームページで確認した方形のモダンな建築を発見する。その一角を占めるアトリエ部分は、壁三面と天井がガラス張りとなっていて、思わず後ずさりしてしまう。あまりにあけすけな構造のせいで、こちらが建物に見られているように感じるのだ。

来るつもりはなかった。

昨日の舞台のハプニングさえなければ。

帰りがけの黒猫の一言さえなければ。

まだよく知らない男性のアトリエに押しかけるというのは、無謀といえば無謀だった。が、そうすることに抵抗を感じさせない雰囲気が塔馬にあったのもたしかだ。

それに、仮にも知名度の高いアーティストが、嫌がる相手に節度のない行動に出るとも思えない。そう自分に言い聞かせる。

ゲート入口のインターホンを鳴らす。

――はい？

昨日とは打って変わった愛想のない声に驚く。

「あの、私、昨日黒猫と一緒にいた……」

――……ああ。ちょっと待って。

最初の無愛想な感じは消えたが、静かな対応だった。昨日の柔らかな物腰を想像していたので少々面食らった。

ゲートの先には緩やかな螺旋を描いた煉瓦の階段があり、昇りきったところにエントランスがある。

そこから現れた塔馬は、作業着を着て、口元にマスクをかけていた。そして、その目は、昨日とは別人のように鋭かった。

「換気をするからしばらく待っていてくれ」

換気？

きょとんとしていると、塔馬は仕方なさそうに説明を加えた。

「作業中には有毒の気体が発生するんだ」

ガラスアートの制作中に来てしまったらしい。有毒、という言葉に少し怯む。

「わかりました。待ってます」

ドアが閉まる。昨日と雰囲気が違うのは作業中だからか。

三分ほどして、ようやく塔馬がドアを開けた。

「いいよ、おいで」

その口元には優雅な笑み。昨日の塔馬だ。

一礼してゲートをくぐり、階段を昇りはじめる。

「すぐ失礼しますから」

「君の終わりたいタイミングでどうぞ」

そう言って朗らかに笑うと、すっと空気が和み、緊張が解けてゆく。

アーティストは自信過剰で神経過敏な生き物だと思っていたが、彼はとても柔軟で、紳士的だ。

中に入ると、かすかな刺激臭。

「アトリエは奥なんだけど、まだ匂うね。この程度なら体に害はないから、勘弁してくれるかな」

暖房がついていないのと、換気扇を回しているせいで、室内には冬の冷気が充満している。

「ごめんね、寒い？」

「いえ、大丈夫です。でも、エアコンもつけずに作業してたんですか？」

「ああ。手が溶けるほどの高熱でガラスを加工するから、作業中のアトリエのなかはそう寒くはならないんだ」

そう言えば、塔馬の額にはうっすらと汗が浮いている。

塔馬は珈琲メーカーから珈琲を注いだ。

「どうぞ。挽きたてだよ」

深みのある香りが鼻孔を刺激する。

「塔馬さんは、いつからガラスアートを？　大学卒業後ですか？」

「いや、中退して始めたんだ。印象派絵画の研究も楽しかったんだけどね」

「そうだったんですか……学問からアートへの転身って難しそうですね」

すると、塔馬は笑って答えた。

「全然。芸術は才能があれば経験は問題にならないからね」

うむ。正論ではある。だが、わかってはいてもやっぱり大変そうだなと思う。まずそこに飛び込もうという勇気がわかない。

「もっとも、俺の場合はもともとガラスに興味があって高校時代から工房にも通っていたから、突飛な転向ではなかったんだ」

「大学で印象派絵画を研究されたのは、どうしてですか？」

「光の力動性に重点を置いた様式だったからさ。光の存在なしに成立し得ないガラスアートにも通じる部分があったんだ」

塔馬は話しながら、ブラインドを下ろし、外界の景色を遮断した。

「それで——まず、何について知りたい？」

「五年前に何があったのか、教えてください。それと、昨日のことも」

「昨日のこと？」

「幕が下りたとき、呟きましたよね？　『復活した』って」

直接この質問をぶつけてどんな反応をするのかと思ったが、思いのほかあっさりしたものだった。ただ静かにガラスのような目で見返された。

それから塔馬は、視線を外してブラインドの隙間から窓の外を見た。

「あいつとは長いの？」

「学部時代からの付き合いです」

「へえ。そんな古くから奴に彼女がいたとは知らなかったな」

「か……かの……いや、違……」

否定の言葉がすっと出てこなくて、余計に焦ったのか耳まで真っ赤になっていくのがわかる。不覚。

「ひとつだけ忠告を。黒猫はああ見えて案外移り気だから気をつけたほうがいいよ」

「あのですね……」

だから彼女じゃないんだってば、と言いかけて一瞬耳を疑った。

黒猫が「案外移り気」？

そんなはずは……ない。

絶対にない。ない、はずなのに……黒猫の実像から離れ、イメージのなかで勝手に可能性を肥大化させる自分がいる。それほど自分は黒猫を知り抜いていると言えるのだろうか？　黒猫のプライベートは、長い付き合いにもかかわらず掌に収まるくらいしか知らない。確信が揺らぐ。

「まあ、俺も人のことを言えた義理じゃないけどね。世間から見れば、名立たるプリマを調子よくものにした好色男だから」

自嘲気味に話すが、そんな世間から遠く距離を置いているのがわかる。

「幾美さんが有名なバレリーナだから好きなわけじゃ、ないんですよね？　一人の女性として……」

「そのつもりだよ。でも、五年前にもべつのバレリーナと関係があったことを知っている人は、そうは思っていないかもね」

「五年前に？」

また五年前……。

「それが幾美の姉となれば、なおさらだよ」

川上幾美の姉もまたバレリーナだったのか。

姉妹の両方と関係、と聞いてすぐにゴーチエの話が頭に浮かぶ。

「幾美さんのお姉さんは今でもバレエを……？」

「いや、死んだ。五年前にね」

五年前というと――。

「花折愛美と言えば名前くらい知ってるだろ？　愛美と幾美は異父姉妹なんだ」

昨日の黒猫の発言から、花折愛美の名がどこかに絡んでくるだろうことは覚悟していたが、まさかそうつながるとは……。

異父姉妹ならば、違う苗字を名乗っているのも理解できる。

だが、そうなると昨日の舞台と五年前の事件にますます関連性を感じてしまう。

と思っていると、直後に思いがけない爆弾が投下された。

「愛美も幾美も黒猫の元恋人なんだ」

「は……はい？」

思わず声が裏返ってしまった。

〈動く女神《ミューズ》〉が黒猫の元恋人？

耳を疑った。

〈動く女神〉——それは花折愛美の異名。

彼女は舞台の外では大胆なファッションや発言でメディアの話題をさらい、バレエに興味のない多くの人にも強いインパクトを残した。

しかし、それ以上に舞台の彼女は強烈だった。ふつうのバレリーナの倍はありそうな高い跳躍としなやかな着地、さらにその繊細な足先の動き、なだらかな背中のライン、指先にまで神経の行き届いた精緻な動きは、人間のそれとは思えなかった。まさに〈動く女神〉そのものだった。

その花折愛美が、黒猫の元恋人？

川上幾美だけでも、認めたくない真相なのに。

「じゃあ……塔馬さんは、愛美さんを黒猫と取り合ったってことですか？」

塔馬はおかしそうに笑った。

「さっきも言ったけど、黒猫は移り気だからね。その手のことで取り合いになんかならないんだ」

「……」

あまりのことに、二の句が継げなかった。

自分の知らない黒猫の側面もあって当然。でも、恋人をすぐ乗り換える黒猫というのは想像しがたい。なのに——。

いびつな「まさか」にかぎって、嫌気がさすほど脳にこびりつくものらしい。

「黒猫にとっては恋愛も、美的好奇心を満たすもののひとつに過ぎないって考えれば、少しはあいつのことがわかるんじゃないかな」

こちらの心中を察したように塔馬が言う。美的好奇心としての恋愛、か。

——それなら黒猫らしい……のだろうか？

「そういう意味では、あいつよりは俺の愛のほうがまだ真剣だったよ。何しろ、俺は愛美と結婚するはずだったんだから。あの事故さえなければね」

塔馬はそう言って椅子に腰掛けた。そして、まだ立ったままでいるこちらに椅子を指し示す。

「どうぞ。その話が聞きたいんだろう？」

「ええ」

言われたとおり座る。塔馬との間には小さなテーブルがひとつ。

「俺と愛美の出会いはね、ドガの展覧会だった」

塔馬はゆっくりそう切り出し、過去の扉を開いた。

2

出会いは六年前の夏に東京上野で開かれたドガの展覧会だった。

当時、印象派の画家のなかでもドガに的を絞って研究を進めようとしていた塔馬は、たまたま上野に来ていた「ドガとバレエ展」に向かった。そのときＰＲ大使として会場に来ていたのが、花折愛美だった。

ぴったりとした白いシャツに黒いタイトミニというシンプルなファッションは、均整のとれた愛美のプロポーションにいやがおうでも観衆の目を注がせた。ロングヘアの艶やかな黒髪は、きりりとした美しい眉毛の上で前髪だけまっすぐにカットされていて、凛とした瞳、高い鼻、特徴的な唇で構成された独特の美顔を引き立てて、彼女自体がひとつの芸術作品のようですらあった。

「ガラスの妖精」

塔馬は出会ったときの愛美のことをそう表現した。

愛美は、塔馬より二つ年上の二十一歳。国内外のコンクールで大きな成功を掴み、一躍バレエ界の寵児となった彼女はテレビＣＭでもその姿を見ることができたほどだ。

「愛美は繊細さと大胆さを兼ね備えた女だった。あまりの輝きに、その内側に秘められた情熱に気づかないくらいでね」

——はじめまして。お会いできて光栄です。

そう言って手を差し出した塔馬に対し、愛美はいたずらをする子どものような笑みを浮かべた。

——ハジメマシテじゃないのよ、私たち。

言いながら、彼女は微かに頰を上気させた。

「そう。俺と愛美が会ったのは、実はこのときが初めてじゃなかった」

「……どういうことですか？」

「俺は全寮制の高校に進学して家を離れてしまったんだが、彼女は俺の父親がオーナーを務めるホール〈リーニュ〉のすぐ近くにあるバレエ・スクールに通っていたんだ。うちのホールでも何度も公演していて、そこで俺とも一度会っていると言い出したんだ」

たった一度を覚えていた、ということか。

塔馬が愛美を見初めるより前から、愛美にとって塔馬は特別な人だったのだろう。とは言え、ありし日の淡い恋心のようなもの。それが、思いがけない再会で再燃した――？

「俺は小さい頃から透明な世界に虚構を見出すのが好きでね。自由に出入りできるバレエ・ホールは俺の宝箱だった」

目に浮かぶ。

暗いホールのなか、まだ猫背ではない軀体で人々の隙間をすり抜け、手摺から身を乗り出して舞台を眺めるさらさらとした髪の青年の姿。彼は透きとおる眼差しで、舞台上の幻想世界に見入っていたことだろう。

「思えば、あれも『ジゼル』だった。高校の夏休みで帰ってきたときだ。俺は古典はあまり好きじゃなかったから、演目を確認しただけで出て行こうとしてたんだ。そうしたら、白い衣装を纏った踊り子が今にも泣き出しそうな顔で駆けてくるじゃないか」

白いドレス。ヴィリの一人を演じていたのだろう。

「聞けば髪留めがなくなったと言う」

「髪留めが？」

「そう。俺はその頃、高校の近くのガラス工房で小さなアクセサリーや何かを作らせてもらっていたんだ。ちょうどその前の週に髪留めを作ったところだった。だからそれを彼女にやったのさ」

ただの試作品だったから、塔馬はそれを返してもらおうとも思わなかった。それゆえ、彼女がその後どうしたのか知らなかった。

だが、もらったほうはそのことを忘れなかった。

愛美は塔馬のおかげで無事に公演を終えられたこと、今でもそのときの髪留めを愛用していることを語った。

「内側に秘められた情熱」を隠して塔馬と喋る花折愛美のことを思うと、不思議と満たされた気持ちになる。

「俺と彼女は意気投合して、一週間と経たぬうちに恋人同士になった。まあそれもこれも黒猫のおかげだけどね」

「黒猫のおかげ？」

「ああ、美術展で彼女に声をかけることができたのも、黒猫の紹介があったからだよ」

「ということは……」

「黒猫と愛美は、その年の四月に出会ってすぐ一緒に暮らし始めていたんだ」

「出会ってすぐ、一緒に……ですか」

「〈運命の女〉《ファム・ファタル》に出会った瞬間って、どんな男でも全身に電流が走ったみたいになるものさ。そのへんの恋愛のふわふわした心地よさじゃなくて。奴も、たぶんそうだったんだろう」

全身に電流の走った黒猫を想像していると、塔馬が再び口を開いた。

「幾美と出会ったのは、愛美と付き合い出してしばらくした頃だ。幾美は物静かだが、それでいてほんの少し彼女が動くと世界が動くような気がする、そういう不思議な女だった。言ってみれば愛美がガラスの繊細で煌びやかな側面を象徴しているのに対して、幾美は静寂の躍動というもう一面を持っていた」

「ガラスに躍動の一面があるんですか？」

「ガラスって静止しているように見えるけど、実は動いているんだ。何十年と経つと、ガラスの下方が分厚くなっている。ゆっくりと動いたせいでね」

ガラスが動いている――。

知らなかった。

その静かに動くイメージが、昨夜の幾美によるジゼルに重なる。塔馬がバレリーナをガラスに譬《たと》えたようにバレエとガラスには通じ合う何かがあるのかも知れない。

透明な、動く存在。

「その頃の幾美は、愛美の前でよく黒猫の話をしていた」

　黒猫という言葉で、ふっとガラスのイメージから現実に引き戻される。

「あるとき、俺は、幾美が黒猫のことを好きなんじゃないかって愛美に聞いてみたんだ。すると、『何言ってるの？　あの二人はすでに恋人同士よ』って言われてね。驚いたよ、黒猫の乗り換えの早さに」

　表情には出すまい。

「でも、幾美さんって、人にのろける性格なんですか？　物静かなのに」

「幾美は姉の愛美にだけ感情豊かに甘えていたんだ。普段は決して感情を表に出さない」

「塔馬さんは、その頃の幾美さんをどう思ってたんですか？」

　我ながら意地の悪い質問だった。

「愛美と俺が喧嘩を始めると、いつでも幾美が仲裁に入ってくれたし、言葉数は少ないながら的確なアドバイスをくれた。出来のいい妹って思ってたのかな」

　もしかしたら、その頃から塔馬は幾美を狙っていたのではないか。

　それは邪推のしすぎだろうか？

　塔馬の微笑みの奥に悲しみが浮かぶ。

「俺はまだ若くて、愛美の人間性まで見つめられていたわけではなかった。ただ美しい花を手に入れ、水をやり、日々愛でていただけだ。その花に感情や感覚が存在することさえ、俺に理解できていたのかどうか」

遠い眼差し。なぜだろう、悲しみが伝染する不思議な表情。

まるで、そこに今はなき〈ガラスの妖精〉を描いているようだ。

塔馬にとって、花折愛美がいかに崇高な存在だったかがわかる。

繊細で煌びやかな〈動く女神〉が、その命を絶った背景にどんなドラマがあったのだろう。

「そんな具合だから、彼女が不安とつねに戦っているってことも、ずっと気づいてやれなかった」

「不安？」

「ああ。バレリーナはつねに舞台裏でもう一人の自分と戦っている。彼女は俺に支えてほしかったんだろう。だが、俺には最後まで彼女の抱える不安を取り去ることはできなかった」

愛美は当時、海外経験の豊富さと若さの点から言っても国内ではすでに間違いなくトップクラスのバレリーナだった。しかし、彼女は自分がトップに立った瞬間から陥落する恐怖につねに怯えていた。

夜中でも目を覚ますと踊りを始める。そういうとき、彼女は塔馬に語った。

――いつも肝心なシーンで身体が硬くなる夢にうなされて目覚めるの。本当に悪夢だわ。

そうして彼女は急に黙りこくって不機嫌になり、ワインを飲むのだった。「精神安定剤代わり」と彼女は言ったが、効果は真逆に働いた。飲んだ後の彼女からは一秒も目が離せなかった。突然何かに怯えるように椅子を鏡に叩きつけて割ったりという、破壊的な行動に出るからだ。

「エキセントリックなところがあってね。プライドが高いぶん、内面の葛藤も凄まじい。でも、誰より寂しがりな女でもあった」

愛美は孤独を極端に嫌った。特に酔っているときは、塔馬がただ買物に出かけようとするだけでも大変な騒ぎになった。

——あなたまで出て行くのね。出て行くなら私を殺してからにして。一人になるくらいなら死んだほうがマシだわ。

彼女はそう言って絡んだ。

これには理由があった。

「愛美の父親は、彼女が生まれたばかりの頃に出て行ったきりなんだ」

母親はその後再婚した義父との間にできた幾美を可愛がり、愛美には見向きもしなかった。特に、愛美の容貌が自分に似てくると、かつてバレエに挫折した過去を思い出すらしく、部屋でバレエを練習している姿を見るだけで怒り出すようになった。

愛美はそんな母親の目から離れたくて、高校時代から祖父母の邸宅で暮らすようになったが、誰からも愛されなかったという感覚だけは、心にしっかりと染み付いていた。

やがて、ふだんは天真爛漫な仕草に隠れてしまう彼女の過去の闇が、徐々に昼の光を侵食し始めた。いつしか彼女は、昼間でさえ不機嫌な様子を周囲に隠さないようになった。まるで夏から冬へと移るように、彼女の笑顔は減り、闇の時間が長く引き延ばされた。

いずれ愛される日がくる――それが愛美をプリマにまで押し上げた原動力だった。彼女は、その日を信じて限界まで身体を酷使した。

コンクールで一番になり、母がなれなかったプリマになりさえすれば、と。そうすれば、母親自身の挫折の傷も癒え、それを超克した娘を誇らしく思ってくれる。彼女はそう信じた。一番になったあとは今度は一番でい続けなければ、と。

「彼女の不安を少しでも和らげようと思って、俺は親父のバレエ・ホールの企画部長に頼んで、彼女の所属するバレエ団〈プルミエ〉による『ジゼル』公演の企画提案をしてもらった」

そこに自分が一枚かんでいることは内緒だった。

恋人として、ささやかながらロマンティックな偶然を演出したつもりだったのだ。悩める恋人に、初心に帰ることのできるであろう舞台を用意する。かつてはヴィリの一人を演じた『ジゼル』で、今度はジゼル役とポジションこそ違え、二人にとっては思い出深い舞台。彼女の心の動揺を鎮めるには、いいことだと塔馬には思えた。

ところが、そうはならなかった。

冬休み前、塔馬は年明けに提出しなくてはならない短いレポートを作成するため、大学キャンパスのオープンカフェテラスで、その断片をまとめていた。

そこへ、黒猫が現れた。ちょうど彼も同じレポートをやっている最中だったから、課題についての私見を互いに話した。そのあと、黒猫が出入口に目をやって言った。

——お前の〈ガラスの妖精〉がお出ましだ。

見ると出入口に愛美が立っている。彼女はこのとき、いつになく顔色が悪かったらしい。

「体調が悪いのかって聞いてしまったくらいさ」

彼女は体調は問題ないことを告げ、『ジゼル』に主演することが決まった、と塔馬に報告した。だが、それを伝える口調と表情はまるで身内の不幸のショックに震えるかのようだった。

——どうした？　ジゼル役だろ、もっと喜べよ。

公演のスケジュールは二ヶ月前にすでに決定しており、キャストの大枠は塔馬も事前に知っていた。

灰色の雲がかかったような沈んだ声で愛美は言った。

——べつに喜ぶようなことじゃないもの。大変なだけよ。あなたが喜んでくれるなら、そのことが嬉しいとは思うけど。

──喜んでるさ。

……じゃあ、観にきてくれるのね？

──もちろん。実はもうチケットも取ってあるんだ。

どの日の公演なのかは、言わなかった。言うと緊張すると思ったからだが、べつの理由もあった。

実は、その前日に塔馬は幾美からチケットをもらっていた。

幾美は嬉しそうに言った。

──陽孔さん、絶対にこの日に来てね。とってもいい席なんだから。でも、私からチケットもらったことは内緒。

「なぜ、内緒だったんですか？」

「公演二日目の一月十四日。その日は愛美の誕生日だから。バースデイ・サプライズってやつだろ。少なくとも、そのときの俺はそう理解した」

劇場オーナーの息子という権限を利用すれば、チケットを独自で手に入れることはできたが、幾美の無邪気な様子に、ありがたく受け取ろうという気になった。

そのときの幾美は、いつもの物静かな彼女ではなく、軽い躁状態にあったという。

──陽孔さんとしゃべるの、久しぶりだからかな。なんだかふわふわした気分。

幾美が塔馬の前で無邪気さを隠さなかったのは、初めてのことだった。

——まるでせりに乗ってるみたいな感じ。

せりとは、上下可動式の舞台装置で、床下から舞台に浮上する演出の際に用いられる。

——最近乗ってびっくりしたんだけど、自分が幽霊になったみたいな、変な気分になるんだよね。いまの私、ちょうどあんな気分。

幾美はそう言って嬉しそうに帰って行った。

「今思えば、幾美の気持ちが黒猫から俺に移ったのは、あの頃だったのかも知れない」

塔馬は愛美の誕生日にある公演のチケットを手に入れた。

実は、塔馬は公演のあとのレストラン予約まで済ませてあった。

だが、幾美からチケットをもらった翌日に大学キャンパスに現れた愛美の表情が暗かったため、誕生日の計画について語る気になれなかった。

愛美の張りつめた表情に、塔馬はバレリーナの抱える孤独を垣間見た気がした。

——とにかく、君のジゼルが見られるなんて素敵じゃないか。俺たちの出会うきっかけとなった舞台だろ？

——そうね。今度は髪留めをなくさないようにしなくっちゃ。

そうして二人は笑い合った。

それが直接かわした最後の会話になるとは、思いもしなかった。

「あの日のことは今でも秒単位で克明に思い出せる」

愛美が死んだ日のことだろう。

「前日からひどい吹雪だった。愛美は風邪をひいたら困るって理由で俺の家には来ようとしなかった。だが、もしかしたら俺は無理やりにでも彼女の家に行くべきだったのかも知れない。そうしたら、あんなことは起こらなかったんじゃないだろうか」

塔馬は淡々とした表情のまま、その悲劇について語りだした。

当日——。

開演直前に会ったとき、愛美の表情は輝ける〈ガラスの妖精〉というよりも、むしろ今にも粉々に割れそうな脆いガラスを思わせた。極度の緊張によるものなのか、手は微かに震え、微笑みは硬かった。

愛美は思いがけない塔馬の登場に驚いたようだった。一瞬顔が引きつった後、懇願するような目を塔馬に向けたが、今にも泣き出しそうなのをどうにか堪えて口元に笑みを浮かべ、塔馬に大きく頷いて見せた。まるで傷の癒えた妖精が、ようやく眠りから目覚めるように。塔馬はその頷きに応えて、やはり大きく頷いた。

「でも安心したよ。彼女のなかにはすでにジゼルが宿っていた」

「ジゼルが？」

「まだアルブレヒトに想いを打ち明けられずにいるときのジゼルの表情がそこにあった」

舞台に立つ前から舞台は始まっている——それが、演者の宿命なのかも知れない。

その日、会場に幾美の姿はなかった。

控え室で顔見知りのダンサーたちに激励の声をかけて回っていると、背後でヴィリの一団がひそひそ話をしている声が耳に入った。どうやら、幾美が風邪をこじらせて休んでいることを非難しているようだった。こんな大事な日に休むなんて、とダンサーの一人は不平を言ったが、幾美が虚弱体質だということを塔馬は以前愛美から聞いて知っていたので驚かなかった。

「あの悲劇を見ずに済んだのは、幸運と言うべきだったかもな」

塔馬はそう言って笑ったが、その表情の下に虚しさが滲んでいた。

「しかし、悲劇に至るまでのジゼルは完璧だった。恋にときめくジゼルは、儚《はかな》い肉体をゆらめかせて歓びを表し、重力から解き放たれたように軽やかに舞い、一点の曇りもない動きで幸福の高みへと上昇する」

頭のなかには昨夜の川上幾美の演じるジゼルが浮かぶ。

奇妙だ。お互いがジゼルを想像しているが、塔馬が想像しているのは花折愛美のジゼルで、こちらは川上幾美のそれ。描写された内容は川上幾美のジゼルにも当てはまるように思えるのだが、個人の体験としてはそうではないのだろう。

鑑賞者の体験のなかで成就する芸術。それに近いことを昨日黒猫が言っていたのを思い出す。たぶんその成就の精度が、演者によって大きく異なってくる。愛美のジゼルを知らない以上、両者を比較するのは困難だが、質の違いは当然あるのだ。

「愛美の演技は悲劇が近づくにつれて、その輝きを増し始めた」

それまで、愛美は全身を駆使した驚異的な技巧と華やかで可憐な演技に定評があったものの、そこに人間の暗部を覗かせるような深みが欠けるという辛口批評もなかにはあった。しかし、第一幕の後半に入ってからのジゼルの演技は、従来の殻を完全に打ち破る出来だった。

「アルブレヒトに裏切られたことへの戸惑い、そしてそれが紛れもない真実であることの衝撃、絶望、狂乱……。彼女は完全なるジゼルだった」

その日の舞台は、ピーター・ライト版を基にして英国ロイヤル・バレエ出身のマーガレット・グリン女史が手がけた演出だったという。本来、ジゼルはもともと心臓が弱かったためにショックによって発作を起こして死ぬのだが、ピーター・ライト版ではアルブレヒトの落とした剣を胸に突きたてて自害するという演出がとられている。

「グリン女史は第二幕でジゼルの墓をみすぼらしいものにして周りの墓とのギャップを効果的に演出するためには、ジゼルが自殺する必要がある、と言っていた」

「なぜ、自殺すると墓がみすぼらしくなるんですか？」

「カトリックでは自殺は禁止されているからさ」

「ああ……」

「でも、結果的にグリン女史のこだわりが悲劇を生んでしまった、とも言える」

剣で自殺という演出を採用しなければ、少なくとも愛美が舞台上で死ぬことはなかったかも知れない。

「もちろん、グリン女史に咎《とが》はない。彼女はきっかけを作ったに過ぎない。誰かがそれをうまく使ったというだけでね」

「誰か」という部分が気になった。

まるで、他殺を前提としたような言い方だ。

「剣のこと、私も新聞で見ました。でも、あれは自殺だったんですよね？」

「自殺？　そうだね……少なくとも、警察はそう考えたようだ」

含みのある言い方。

あの日、本当は何があったのだろう？　そして、塔馬は何を知っているのだろう？

塔馬は話を続ける。

第一部の終わり、ジゼルの狂乱の踊りのさなか。花折愛美に起こったことは誰にも予測できなかった。踊り狂ったジゼルが剣で自害を試み、止めに入った者と揉み合いながら、ついに自らを刺す、という内容だった。もちろん剣はイミテーションのマジックナイフだ。身体に当てると刃の部分が引っ込む仕掛けが施されている。

「できるだけ本物に近づけるために、小道具係が真剣をモデルにして模造品を作ったらしい」

「それも、グリン女史の指示で？」

「ああ」

それが、彼女たちの稽古場にある小道具室にしまってあったはずの本物といつの間にかすり替わっていたのだ。

引っ込むはずの刃は引っ込まず、剣は愛美の華奢な胴体に深く突き刺さって、舞台上に真っ赤な大輪の花びらを広げた。

周囲にいた踊り子たちは演技を忘れ、叫び声を上げた。

その様子から、これが演出でないことが観客にも伝わった。

花折愛美はまるでジゼルそのもののように狂った恍惚の表情を浮かべた。その目は、まっすぐに塔馬を見ていた。

「誰が仕組んだのか、警察にもわからなかったよ。何しろ、バレエの世界は関係者が多いからね。スタッフまで含めると五十人近くいる。公演は前日から始まっていたわけだから、当日その場にいなかった人間だって容疑者に入る。結局、ほかに指紋も検出されなかったのと、前日の稽古終了後に小道具室に愛美が出入りするのを数人のスタッフが目撃していたために、自分で仕組んだということにされたんだ」

何だろう、今の言い方は。

「その場にいなかった人が犯人だと、思っているんですか？」

「可能性としてはあるんじゃないかな。だって愛美が自分で胸を刺す仕掛けなら、犯人がその場にいる必要はない」

その場にいなかった人間――。

川上幾美のことを暗に示しているように聞こえる。

「グリン女史が剣で自害という演出を選択したことは、警察から問題視されなかったんですか？」

「特殊な演出じゃないんだ、お咎めなしさ。でも、それを機にグリン女史はバレエ界から離れたよ。マスコミのバッシングがひどかったんだ。中には彼女を殺人鬼呼ばわりするものもあった」

そんなことがあったのか。

「今はO女子大でバレエ史の講師をしている。彼女も被害者の一人と言えるかも知れないね。確かに役を割り振ったのも、剣による演出に踏み切ったのもグリン女史だが、他殺の線ならバレリーナを疑ったほうがよかっただろうな」

「ほかの、バレリーナを？」

「愛美を内心で妬んでいるバレリーナは多かったはずだ。そして殺したいほど憎んでいる人間もね」

　まただ。塔馬は何かを知っている。五年前に起きた事件の深層にある何かを。

「塔馬さんは、もしかして幾美さんを疑ってるんじゃないですか？」

　思い切って聞いて、反応を確かめる。塔馬はこちらに顔を向けると、満面の笑みを作った。

「君って面白いね。普通、そういうこと面と向かって言うのって失礼だよ」

　言われて急に自分のしたことが恥ずかしく思えてきた。

「ごめんなさい……」

「なんてね」

「え？」

「俺はこの件に関しては判断を完全に停止している。だから、幾美を疑ってるか、と問われれば、イエスでもノーでもないんだ。でも、もちろん幾美かも知れない。否定はしないよ」

「なぜ、そんなふうに思うんですか？」

　塔馬は一度静かに頷くと、立ち上がって、西側の壁に掛けてある状差しの中から一枚の紙片をつまみ出し、それをテーブルの上にふわりと投げた。

「事件の起こる二日前、ホールの控え室で拾ったんだ」

手帳を破り取ったような紙切れに書かれた女性のものと思しききれいな字を見て、ぞわりとする感覚に襲われた。

「その日は〈プルミエ〉のリハーサルが入っているだけだったから、確実にあのバレエ団の誰かが書いたものだと思う」

同じバレエ団の誰か。

そんな狭い集団のなかに、こんなふうに思っている人がいて、本人は気づかないものだろうか？

そこにはこう書かれていた。

殺したい　ジゼルをやれるのは私しかいない

「これ、誰が書いたものかわかってるんですか？」

「いや。さっきも言ったとおり公演前日の控え室に落ちていたから」

「筆跡に見覚えはないんですか？　幾美さんのものなら……」

「さあ。幾美の文字をまじまじと観察したことはないけど、それなりに似てると言えば似てるかな。だけど女の子ってみんな字はある程度きれいじゃない？」

「これは警察に見せたんですか？」

「いいや」

「どうしてですか？」

「警察が他殺だと断定してるなら見せたさ。でも騒いでたのはマスコミであって警察じゃないんだ」

「だけど、重要な証拠じゃないですか。他殺だとしたら」

「もちろん、もし誰かが意図してやったことなら、法的には問題だろうが、俺にとってはそれさえどうでもいい。重要なのは、一人の女神がこの世から姿を消したってことだ。その損失の大きさの前では、犯人の有無なんて宇宙の塵芥に等しい」

その言い方に、一瞬、黒猫と似た空気を感じた。

塔馬の顔を見た。

人に見えないものを見ている目。黒猫と似ているけど、少し違う。黒猫は、創造の支配を分析に任せている。対する塔馬は、創造の羽をたおやかに広げ、分析は水面下にそっと潜ませている。そこが両者の決定的な違い。だが、真摯に美を追求する姿勢は、手法こそ違え、同じなのだ。

「俺は長い間待っていたんだ。時が満ちるのを。そのときがとうとう来るのかも知れない」

「どういう意味ですか？」

「俺は彼女を失ってからガラスアートの世界に没頭していった。夢中でガラスのなかに眠っている彼女を探したよ。彼女がうまく現れてくれるときもあれば現れないときも多かった。でも、なぜだろうな、俺が見つけ出す彼女はいつも少し泣いているんだ」

「泣いている……」

「君はエミリオ・グレコの〈うずくまる女〉という連作彫刻を知ってる?」

知らない、と答えた。

「グレコの彫刻は、野性的に発達した豊かな骨格がひとつの特徴なんだ。〈うずくまる女〉からは、何か底知れぬ彼女特有の憂鬱を抱えてうずくまってはいても、生きていく一人の女の強さを感じることができる。俺はグレコが創る女が好きだよ。なのに俺がガラスから探し出すのは、少しも生への執着がない女なんだ」

「それが、塔馬さんのなかの愛美さん、なんですね」

「いや、きっとそうじゃない」

塔馬はなぜかそこをはっきりと否定したが、そのあとに続く言葉はいつまで経っても出てこなかった。答えがないのか、その空白に答えはすでにあったのか。

塔馬は相変わらず不思議な微笑を湛えている。

この人はガラスに似ている、と思った。

いつもそこに、見えない涙があるような笑い方をする。

「やめよう、俺の話は。それより、幾美の話を。彼女となぜ付き合い出したのか、そしていかにしてプリマ、川上幾美は誕生したのか」

3

五年前の事件の裏にはトップに昇りつめた愛美の葛藤があったのだ。黒猫は彼女の最期をどんな思いで眺めたのだろう？　元恋人の死を。しかし、彼にはすでに別の恋人がいた。川上幾美が。

「さっきも言ったけど、幾美は俺と愛美が付き合っているときから、俺に惹かれていたんだ」

「つまり、幾美さんは黒猫と付き合っていながら、塔馬さんに惹かれたんですね？」

「ああ、俺も黒猫から彼女を奪う気はなかったから、彼女の思いには気づかないふりをしていた。でも、愛美に死なれた俺の心に幾美が寄り添ってくれるのを拒めなかったし、そうされるのが嫌じゃなかった。俺も幾美も、愛美の空白を埋めなければならなかったからね。気がついたら、幾美を求めるようになっていたよ」

愛美が死んだあとすぐに幾美と恋愛に発展するというのは、少し展開が早すぎる気もした。でも、最愛の人に死なれたとき、人の精神が求めるものは千差万別だ。

それにしても――よりによって黒猫の恋人を求めるとは。

幾美も黒猫という男をつかまえておきながら何という……。

「黒猫はなんて言ったんですか？」

「事後報告したよ、そのときも」

「それで、『そうか』って言ったんですよね？　どうせ」

「よくわかったね」

わからない。これが普通で、自分がおかしいのだろうか。

心のなかで花びらがはらはらと落ちていく。

「幾美と俺はそうして付き合い出した。俺と付き合うことが自信につながったのか定かじゃないが、その頃から幾美はバレエの表現に磨きがかかって、国内でも、『姉を凌ぐのでは』なんて声がちらほら出始めるようになった」

死人に口なし。とはいえ、若くして死んでいっそう神聖化されていた姉の愛美に比肩されるようになったということは、幾美の技量がいかに上達したか察することができる。

「愛美の父親がバレエで名を馳せた人物であるのに対し、幾美の父親は普通の会社員だったこともあって、幾美は長らくバレエが上達しないのは血統のせいだと思っていたらしい。でも、ＤＮＡは関係ない。意志の力ひとつで人間は変われるんだよ」

「でも愛美さんの母親はバレエに反対だったんでしょう？　なぜ幾美さんまでバレエを……」

「母親は自分がかつて足を痛めてバレエ生命を絶たれた経緯もあったから、ナーバスになってただけさ。現に愛美がバレエをやることには反対したけど、幾美については何も言わなかったようだ」

母親も、まさか幾美が現在のような大輪の花を咲かせるとは思わなかっただろう。

「幾美は愛美の死後、人が変わったようになった」

「人が変わった？」

「だんだん愛美みたいになっていったよ。以前のように物静かなだけではなくて、感情の起伏も激しくエキセントリックになり、時には姉を髣髴とさせるような天真爛漫な言動も垣間見せ始めた。

人は死を乗り越えるために、その欠落を補おうとするものさ。彼女のなかに、姉の欠落を補おうとする心理が働いたのかも知れない。もしかしたら、愛美が生きているうちは遠慮していただけで、もともとの彼女の気質だったのか。どっちでも同じことだけど」

幾美は瞬く間にプリマに昇りつめた。違う苗字を名乗っていたせいもあって、愛美の妹という色眼鏡で最初から見られることもなく、純粋に実力で評価されていたのだが、詳しい人間は知っている、と幾美は気にした。

そこで、厳しい状況に自分を追い込むべく、彼女はロシアやフランスでのコンクールに積極的に参加した。そのうちの一つで入選を果たすと、彼女の名声はうなぎ登りになっていった。

「それでも」と塔馬は言った。「彼女はまだジゼルを上手に演じる自信がないと言っていた」

ひとつには、五年前の事件がトラウマになっていること。そしてもうひとつは、ジゼルのように恋人に裏切られた経験がないこと。

「『ジゼル』には女のすべてがある。恋のときめきがあり、愛される喜びがあり、疑いがあり、絶望があり、死がある」

黒猫も、そんなことを言っていた。

「ジゼルを完璧に演じるのは、実力のあるバレリーナでも難しいことだ。昨日の公演は彼女にとって人生最初のジゼルだった」

「昨日は——あんなことになって残念でしたけど、素晴らしい出来映えだったと思います」

「俺もそう思うよ。あそこまでは」

気になる発言だ。どういう意味だろう？

「復活した」という呟きと関係があるのだろうか？

謎の答えを持っている張本人を目の前にしながら、なかなか真相にたどり着けないもどかしさが募る。

塔馬は静かに微笑んで立ち上がると、くるりと背を向けてアトリエへと続くドアを開いた。

微かな刺激臭。

そこに豊かな曲線をもった透明な結晶体があった。

女性がゆっくりと立ち上がり、手を広げる。

そんな動きが、見える気がした。

「紹介しよう、〈彼女〉だ」

4

——どこかべつの世界へ逃げ出したい。

鏡が水になったなら、そのなかに顔を突っ込んで違う世界へ行ってしまえるのに。小学校の頃、嫌いな理科の授業の前には、そんなことを思いながら洗面所の鏡を見つめたものだった。

鏡を見ていたら、ふとその頃の気持ちを思い出してしまった。

午後からは音楽美学概論の講義が入っていたが、無断欠席した。

図書館のトイレの洗面カウンター。

鏡に映っているのは、何とも覇気のない女の顔。

水道の水を出しっぱなしでぼうっと見つめたまま、動けない。動かなきゃと思う。講義にも出なくては、と思う。なのに、身体が言うことを聞かない。

思い返すと悔しさとか情けなさとか、そういったものがこみ上げてきて、何とも言えない感情で苦しくなる。

もう一度——何度目かの水を両手ですくい、口を拭った。

逃げ出したかった。何よりも、自分自身から。

水道を止めた。

ドアが開いて、学部生らしき女子二人が、笑い合いながら入ってきた。彼女たちからそっと顔を隠すように、ハンカチを顔に当ててトイレから出る。

図書館の三階は、芸術理論や哲学関連の書物が収められている。四方を書物で囲まれたその空間に並ぶデスクは、学習や昼寝をする学生たちでいっぱいだ。

図書館のデスクで勉強することは、最近ではほとんどない。

理由は、パソコンの前に座らないと、何も考えられないようになったせいだ。人間、論文という厄介な友人と付き合うようになると、こういう体質に変わるらしい。

それでも、図書館で作業せざるを得ないときはある。たとえば、貸出禁止の本を読むときや、すでに貸出可能冊数を超過しているとき。今日は後者だった。先週から次の論文のための資料を集め始めたのだが、黒猫が「大鴉」を読むうえで「芝居鉛筆書き」が有意義だと言うから図書館に出向こうと昨日の夜から思っていたのだ。

ところが――。

――何もかも午前中にあんなことがあったせいだ。

塔馬のアトリエへの訪問は自分で決めたことだとはいえ、やはり変な冒険心など起こすべきではなかった。

しかも、肝心のあの「復活した」という呟きについては真意を聞きそびれてしまった。

「なにやってんだか……」

ため息混じりに呟きながら窓際にとっておいた席に腰掛ける。

だが、「芝居鉛筆書き」の内容は一向に頭に入ってこない。それもそのはず。頭のなかでは午前中の出来事がぐるぐるぐるぐる高速回転したりスロー回転したりしているのだ。

こういう時は原点回帰。ポオを精読するに限る。いつからだろう。心が落ち着かないときはポオの小説をゆっくり読むようになった。それが翻訳でも原書でも。もう筋などとうにわかっているはずなのに、一文字一文字を読むのが嫌でなく、気がつくと二篇、三篇と短篇を読んでしまっていることが多い。

だが、今日の頭には短篇もなかなか入ってこない。

そこで先日の研究課題であった「大鴉」を読み返す。「大鴉」は詩篇だが、そこには物語がある。

主人公は、レノアという恋人を失った悲しみから逃れようとして、忘却を試みている一人の学生と思しき青年。そこに、ドアを叩く音。大鴉だ。青年が名前を尋ねると、大鴉が答える。

——Nevermore
ただその一語だけ人間の言葉をしゃべる大鴉。青年の質問が変わっても答えは同じ。恋人レノアと天国で再会できるかという質問にも変わらぬ大鴉の回答に、青年は苦悶し、ついに大鴉の影の下に魂を閉じ込められて、叫ぶのだ。

——Nevermore
精神の発狂——大鴉がこの世にとどまることによって、この世こそが冥界となった。青年の部屋は虚無の墓となり、大鴉が立つパラスの胸像は青年の墓碑に。

黒猫ならそんな解釈をするのだろう。頭のなかで「黒猫なら」的な思考ができるようになったのは、この一、二ヶ月の大きな進歩だと自分では思っている。もちろん、この「黒猫なら」的な思考は実際には黒猫の足下にすら及ぶものでもないし、黒猫に聞かせたら見当違いだと鼻で笑われるものかも知れない。

それでも、これまでぼんやりとしていた作品解釈の足がかりになりつつあるのは確かだ。前回のレジュメでは、「大鴉」における、頭韻法とギリシア音楽的な効果について言及するにとどまっていた。しかし、こうして心を落ち着けようと読んでみると、改めてその物語の部分への関心が湧く。

特に、レノアという亡くなった恋人の記述を読んでいると、頭のなかに花折愛美が姿を現す。

主人公は、塔馬陽孔。

違う。

あの詩の主人公に、彼はふさわしくない。

頭から塔馬を追い払うのにしばらくかかった。

黒猫の言うとおり、今の自分には時間がない。研究と何の関わりもないこんな事件に首を突っ込んでいる暇なんかないのだ。

それなのに――。

集中できない。もう一度詩篇に戻る。

レノア。

そう言えば、ポオには「レノア」という詩篇も存在する。ページをめくり、その英詩に目を通す。未婚のまま死んだ女性の死を悼む詩。レノアは、青年と結婚する前に死んだ。結婚する前に。

ジゼル……花折愛美。

ダメだ。同じところを行ったり来たりしている。

「川口教授がお怒りだったぞ」

ふいに後ろから声がして驚いた。

「い、いつの間に？」

黒猫が背中を向けて立っている。背後にある書棚を眺めているらしい。思わず小さく声を上げる。

「静かに。ここは図書館だよ」

「いつからいたの？」

互いに背を向け合ったまま、声を小さくして会話を続ける。

「ついさっき。五分前？　十分前だったかな。どうやら君に一大事があったらしい。講義をサボタージュするというのは君らしくないからね。原因は昨日の一件、かな？」

「……」

答えたくなかったわけではない。答えられなかったのだ。

「君って案外じゃじゃ馬だよね」

「じゃ、じゃじゃ……」

「人の忠告は聞くものだよ」

目を閉じて、俯く。反省というより、いたたまれない、が正しい。穴があったら入りたかった。

「まあ、『芝居鉛筆書き』を読もうとした努力だけは認めるよ」

「それはどうも」

「でも今読んでるのはポオだね？　ページの余白から察するに詩篇だ。しかし『大鴉』ではない」

「どうしてわかるの？」

「『大鴉』なら一連ごとに同じ長さ――つまり、Nevermore――の一行がくる。さっきチラッと見た感じだとそういうフォルムではなかったからね」

「ふむ。でもそこから先はさすがにわからないでしょ？」

「類推はできるよ。『レノア』だろう？」

どうしてわかったのだろう？

「君は昨日『ジゼル』を見た。詩篇のなかの若くして亡くなった女性のイメージにどうしても目がいく。そして、その女性を掘り起こそうとすれば、目下研究中の『大鴉』を経由して『レノア』にたどり着く」

「はい、よくできました」

自分の思考の単純さに、これから先、研究者として続けていく自信がなくなってくる。

「ポオのなかには共通の女性のイメージが登場する詩篇や短篇小説がいくつかある」

「うん。『アナベル・リー』とか『リジイア』もそうかな。彼の奥さんだったヴァージニア・クレムがモデルといわれてるよね」

「ヴァージニアと結婚したのが『リジイア』を書く二年くらい前だったかな。ポオは彼女と結ばれた頃から彼女を失う不安に怯えていたわけだ。彼女と恋に落ちなければ、虚無との邂逅もなかっただろうし、当然『ユリイカ』の境地にも到達できなかっただろう」

「詳しいんだね、ポオの人生に」

「運命の女《ファム・ファタル》」

「え？」

「芸術家には時に〈運命の女〉の存在が創作の源泉になることがある。テクストを独立して解釈するのも大事だが、〈運命の女〉のように、背景を取り入れることで、より多義的な解釈が可能になるなら、作家の背景も参照すべきだと思うよ。もちろん、それは作家のプライベートをつつき回せばいいというものではない。あくまで足がかりとしてね」

「ふむふむ」

午前中に塔馬の口からもこのタームが出た。

ものさ。

――〈運命の女《ファム・ファタル》〉に出会った瞬間って、どんな男でも全身に電流が走ったみたいになる

そう、それは愛美と黒猫が出会った瞬間についての言及だった。芸術家だけじゃない。黒猫にとっても研究の原動力となる〈運命の女〉がいたとしても不思議ではない。むしろその存在感は死後ますます高まっているのかも――。

いや、黒猫の〈運命の女〉が愛美とは限らない。幾美とも考えられる。もし幾美なら、昨夜の黒猫はどんな気持ちで舞台を鑑賞することに決めたのだろう？　そして、なぜ自分を誘ったのだろう？

一人では気まずいから？　塔馬への対抗意識？

どれも、不釣合いな気がする。自分が知る黒猫には。

黒猫は続ける。

「実際にはどこまでを〈ヴァージニアの系譜〉にあるテクストと捉えるべきかは難しい。ヴァージニアの死後に発表された『アナベル・リー』は言わずもがなだが、『エレオノーラ』と同様に美女再生譚としてヴァージニアの生前に発表された『モレラ』『ベレニス』『リジイア』なんかもその系譜と取ることができる」

「うん、私も以前、興味があってそのあたりのことは調べたの」

「ほう、さすがはポオ研究者」

「ヴァージニアの前に、すれ違いによって引き裂かれた恋人エルマイラとか、早くに亡くなった母親っていう悲劇の存在もあるんだけど、ヴァージニアと出会ったあとの作品には彼女を思わせる神秘的な女性のイメージが頻出してるんだよね」

「それを学問的テーマに据えるのも面白いよ」

「学問的テーマに？」

「ヴァージニアという母胎から複数の作品が生まれたと考えると、非常に興味深い命題が見えてくる。たとえば『ベレニス』と『リジィア』という二つのテクストをとりあげてみようか。

もちろんこの二作は僕が便宜的に摘出したテクストだ。だが、両者が同じ〈運命の女〉から生まれていると考えることは、ポオの美学を読み解くうえで重要なキーになるばかりではない。ポオの詩篇『大鴉』に至る思考を解き明かすことができるんだ」

「『大鴉』を解体するうえでこの二作が重要ということ？」

「キーワードは、復活だ」

「復活？」

「さてと、ヒントはここまで」

「ねえ」思い切って聞いてみることにする。「それは昨日塔馬さんが言っていた〈復活〉と関係があるの？」

　一瞬の沈黙。

「気になるなら塔馬に聞いてみるといいよ」

　ひんやりとした回答。

「ああ、それから」

　ゴクリ。緊張が走る。なぜだろう？　声の調子が……。

　そうだ、いつもより声が低い。

「今度あのアトリエに行った後は、服を着替えたほうがいい」

　何かが——壊れた気がした。

　取り返しのつかない、何かが。

　ぐわんぐわんじわんじわんと痺れる頭を抱えて、目をつぶった。

　あのアトリエの匂いが、微かに鼻をついた。

「ねえ、黒猫……実はね……今日……」

　思い切って振り返った。

　しかし、そこにはすでに黒猫の影はなかった。

　ただ、哲学の書物たちが、しかつめらしい顔でこちらを睨んでいるばかりだった。

　——聞いてほしいことがあったの。

5

「紹介しよう、〈彼女〉だ」

塔馬が室内中央に置かれたガラスのオブジェを示した。

両手を広げたガラスの女。彼女がうずくまった状態からゆっくりと立ち上がり、蝶が羽を開くように手を広げる動きが見える気がした。三面と天井がガラス張りになったアトリエには、まばゆい陽光が差し込み、オブジェはその光を優しく受容して、七色に輝きながら一瞬一瞬表情を変えた。

きれい。

素直にそう思った。

「触っていいよ。まだ未完成だけどね」

「え？　いいんですか？」

「ガラスの手触りを体感してほしいんだ」

手を伸ばす。曲線部分をなぞると、冷たい感触が指先をつたってくる。ほんの僅かに触れただけなのに、オブジェを通る光の道が屈折する。

触れられたことに、彼女が気づいた――そんなふうに感じた。

「これから形状をもう少し決めたら、表面に部分的に色をつけていくんだ」

「色を？　絵の具で？」

「まさか」

塔馬は笑って、作業台にある細長い棒を一本手で持った。

「色ガラス棒を溶かしてカラーリングしていくんだ」

その近くに置かれた、顕微鏡に少し形状が似たようなものが目につく。

「酸素バーナーだよ」

これが、真冬のアトリエで塔馬に汗を流させたものの正体だったのだ。

再びオブジェを見る。

炎を浴びながらゆらゆらと踊り、この姿にたどり着いたというのに、なぜこんなにも穏やかな表情をしていられるのだろう。

「ガラスは飽きることがない不思議な素材だ。作業工程のなかで少しずつ形を変えていると、あるときふっと突然変異のように今までにない形に出会うことがある。今回は特にそうだった」

塔馬はそう言って、オブジェに近づき、滑らかな曲線にほっそりとした指を滑らせる。

まるで、女性の頬を撫でているみたいに。

「ある人物に依頼されて制作を進めるうちに、自分にとっての重要なイデーになると気づいて規格を大きくしたんだ。まあここまではよくあることだった。ところが、今回は俺の制作と並行して現実のほうがオブジェに答えを与えてくれたんだ」

「現実が、オブジェに答えを……？」

その〈現実〉とは、昨夜の舞台のことを指しているのだろうか？

一体、昨夜の途中終了の舞台が、塔馬にとってどのような意味を持っていたというのか？

「タイトルは、決まっているんですか？」

塔馬はオブジェを撫でたまま視線を上げずに答えた。

「〈彼女〉」

「彼女……ですか」

美しく伸びた両手。

恐らく顔と思われる部分には、細かな窪みが小さく弧を描いている。それは、ちょうど歯を見せて微笑んでいるように見える。

陽光を浴びて、優しく笑いかける彼女。

モデルは――愛美？　それとも、幾美？

太陽が真上に昇り、彼女の全身が光に包まれた。芸術を超えた崇高な美しさが、姿を現した。

そう感じたとき——。

何かが、目の前にやってきた。

塔馬の唇が、
自分の唇に
重なっていた。

塔馬の手が後頭部に回され、もう片方の手が腰に当てられ、退こうとするのを阻んだ。

何これ……どうして？

混乱。ガラスを通して光を見ていたせいか。水の中にいるような現実味のない感覚に支配されて動きが鈍っている。

ダメ。

水の中で眠ったら、溺れてしまう。

腕に力をこめて塔馬の身体をどうにか自分から引き剝がした。

バタン。

何かが落下する音。

反射的に、そっちへ顔を向ける。

開きっぱなしになっていた応接間に通じるドア。

そこに——女性が立っていた。

舞台上で見たよりも線が細くすっきりした顔立ち。だが、それは紛れもなく川上幾美だった。

冬の朝の氷を思わせる無表情で彼女はしばらくこちらを凝視していた。

やがて、ゆっくりと腰を屈めて、落としたバッグを拾うと何も言わずに背を向けて去っていく。

「ま、待ってください！　幾美さん！」

追いかけようとしたが、その腕を塔馬が摑んだ。

「よせ。もう遅いよ。見られちゃったんだから」

悪びれることなく言う。

そのときになって、激しい怒りがこみ上げてきた。

左手で塔馬の頰を打った。

塔馬は、ぶたれてなお微笑を崩さなかった。

この男の本性を見た気がした。完全に騙されていた。柔らかい物腰で相手を油断させて、逃げられない距離にすっと入り込む。

塔馬の術中に嵌められていたのだ。

「それじゃあ、今日はここまで」

「最低です……本当に、最低です」

「え？　まだ続けたかった？」

もう一度、頬を打った。さっきより力をこめて。

「出口ならあっちだよ。黒猫によろしく」

塔馬が最後まで言い終わらぬうちに、アトリエを飛び出し、応接間へ走った。川上幾美の香水の残り香が、ふわりと漂っている。

玄関のドアを開けると、階段を駆け下りた。階下にはまだ、幾美のものと思しき赤いアルファロメオが停まっていた。まだ追いつけるかも知れない。だが――。

こちらが道路に出るよりも前に、アルファロメオは軽快なエンジン音とともに発車した。

「待ってください！　幾美さん！」

走って追いかける。

しかし、車は速度を緩めることなく、手前の角を曲がって見えなくなった。

息が上がっていた。走ったからか、その前からだったのか。

――黒猫によろしく。

許せない。さまざまな感情が溢れてきた。

怒り、悔しさ、恥ずかしさ、後ろめたさ……。

後ろめたさ？　なぜ？

不可抗力だったたし、それにすぐに拒んだのだ。なのに、なぜそんな気持ちを抱かなくてはならないんだろう？

わけのわからない感情を背負い込まされたことにもまた腹が立った。余計な気苦労をさせられている感じ。

そして思い出したくないのに、何度もフラッシュバックする光景。水の中で光を感じながら、知覚が意識に到達するまでのほんのわずかな時間に漂った幸福感。塔馬の存在は頭になかった——と思う。

けれど——それでも、否定できない事実。

それは、あの接吻が完璧だったということだ。

第三章　背景

1

図書館を出て、キャンパスの坂を下る途中に知り合いに出会った気もした。だが、頭のなかはそれどころではなかった。

もう首を突っ込んでしまったのだ。

よくわからないうちに歯車は回り出している。この一件が片付かない限り、研究に集中するのは難しい。だったら、徹底的に首を突っ込むしかない。

行き先は決まっていた。

O女子大学。

図書館を出たところで、電話をかけた。相手は、大学時代の友人の一人、ミナモだった。

彼女とは以前にいろいろあったから、あまりすすんで連絡を取る気にはなれなかったのだが、電話にでたミナモは、まるで愉しい思い出だけを共有した親友のようなテンションだった。

――久しぶりじゃないこと？　元気だったの？　今何してらっしゃるの？

マシンガンのごとく喋り出しそうなミナモを遮って、用件を切り出した。

――ねえミナモ、あなたの大学にマーガレット・グリンっていうバレエ史の講師の人、いると思うんだけど……。

――ああ、グリン先生ね。これからちょうど先生の講義に出るところよ。

――ホント？　もしよかったら今度……。

――あなた今からいらっしゃいよ。

――い、今から？

――お暇でしょ？

有無を言わせない勢いだけは相変わらずだ。

――講義のあとに、グリン先生をご紹介いたしますわ。

動き出すと、虫が良すぎるくらい都合よく舟が流れてくる。母からは「もっと自分から動けばいいのに。ラッキーガールなんだから」と言われる。だが、恋愛にも研究にも臆病で腰が重い。よく言えば熟考型。でも本当は自分の〈幸運な性質〉を恐れているのかも知れない。

Ｏ女子大のある市ヶ谷駅を目指してＪＲに飛び乗る。

動き始めた電車のなかでグリン女史にするべき質問を整理した。

●五年前、なぜあなたは舞台現場から手を引いたのですか？
●花折愛美の死が他殺である可能性はあったのでしょうか？
●当時、愛美のことを憎んでいた人物に心当たりはありますか？

アナウンスが流れる。

――次は、市ケ谷、市ケ谷。お出口は……。

薄汚れた窓から見える東京は、古びたブリキの玩具のようだ。継《つ》ぎ接《は》ぎだらけの壊れ物は、ゆっくりと下降し始めた太陽に照らされて、その儚さを露わにしている。

市ケ谷の雑多な街並みに降り立つと、急に心細い気持ちに襲われた。黒猫抜きで厄介ごとに首を突っ込むというのはこれまであまり経験がない。いつも隣には黒猫がいて、彼の講釈を音楽みたいに聴きながら、いろんな場所を歩いてきた。

でも今は一人。

――人の忠告は聞けるうちに聞いておくものだよ。

昨夜、バレエを観る前に黒猫に言われた言葉を思い出した。思い返せば、昨夜の黒猫はいつもと少し様子が違っていた。

電話――。

そうだ、電話だ。

ラテスト教授は、なぜ昨日、短時間に二度も黒猫に国際電話をかけてきたりしたのだろう？

——荒療治に出ないといけないなとは思っていたんだ。

「荒療治」と黒猫は言った。

今になると、その「荒療治」と昨夜のラテスト教授の電話に何か意味があるような気がする。考え出すと、全身が心もとなく、ソファでもあればうずくまってしまいそうな心持ちになる。

「しっかりしなさい、私」

呪文のように一人でそう言っていると、O女子大の校門が見えてきた。その前に、紫のベレー帽、真っ赤なコートの下には千鳥柄のミニワンピースという出で立ちのミナモの姿が見えた。一見ド派手なのだが、それを品よくお嬢様風にまとめてしまうところにミナモのセンスを感じる。

同じ女性という生き物に生まれながらファッションアンテナが二、三本欠落している自分のことは、ここではあえて考えまい。だが、趣味のいい友人に出会うと、その人にしかできない着こなしをうらやましく思う。一月に二十五歳を迎え、いよいよ二十代後半へまっしぐら。そろそろ楽だからという基準でデニムにセーターみたいな冬ファッションの定番を卒業せねば。

「相変わらずのようね」

我が定番アイテムを確認したミナモは、そう言って朗らかに笑った。ずいぶん柔らかい笑い方をするようになった。学部の頃は周りをつねに引きずり回しているような雰囲気だっただけに、ちょっと驚いた。

「あはは。そうね、相変わらずかな」

「グリン先生、研究棟でお待ちかねよ」

頷く。緊張もあるが、単純に寒いせいもあって身が引き締まる。

不安が過《よ》ぎる。

勢いで来てしまったが、グリン女史は五年前のことを蒸し返されても決していい顔はするまい。

それでもなお、過去を掘り起こす意志が自分にあるのだろうか？　それは何のため？

五年前に起こったことをはっきりさせる。

黒猫は言った。

――実にプライベートな事件だから。

五年前の謎が解ければ、塔馬の言った「復活」の意味も、黒猫を含めた四人の関係も、もっとはっきり見えるかも知れない。もやもやを抱えているのは、好きじゃないのだ。

薄桃色に彩られたモダン建築の研究棟が見えてきた。

大学の研究棟は、キャンパスの片隅にあることが多い。研究は密やかに奥の厨房で行われる料理のようなものだからだ。それはO女子大の研究棟も同じなようだ。それでも建物全体から女子大らしい華やぎが感じられる。建物から出てくるのがむさくるしい男子学生ではなく女子大生ばかりというところもポイントかも知れない。

入ってすぐにあるエレベータが開いていたので走って乗り込む。

「二階に着いてすぐ右手に見えるグループ研究室よ。私の名前出せばわかるから」

「え、ミナモは?」

「私、ここで待ってるわね」

それから閉まりかけるドアに顔を寄せ、囁くように言った。

「あの先生、ちょっと苦手なの。ごめんなさいね」

ミナモは、そう言ってウィンクをして見せた。奔放さ全開の旧友に懐かしさと疲れを感じているうちにドアが閉まり、ふうとため息をついたところで二階に着いた。

扉をノックするまでもなかった。

グループ研究室のドアにある円形の覗き窓から、本に目を落としたスレンダーな外国人女性が見えた。美しい銀髪、化粧っ気のない彫りの深い顔、タートルネックの青いセーターに下は黒のスリムパンツというラフな出で立ち。眼鏡の奥にある鋭い目が、本からこちらへと移る。

マーガレット・グリンは、何も言わずしばらくじっと見据えたのち、本を閉じた。その表情は、険しいままだ。

これから始まる時間が、決して楽なものでないことが予感できた。

2

「つまり、私に五年前のことを語れ、と？」

グリン女史は、室内を落ち着きなく歩き回っている。

室内には二人きり。

ここは、研究棟内にある相談室。

グループ研究室に足を踏み入れた時から緊張感の漂う対面ではあった。猜疑心に満ちた表情でこちらに一瞥をくれた後、グリン女史は貧乏ゆすりをしながら「あなたの用件を言いなさい」と言った。

――五年前の『ジゼル』の舞台についてお聞きしたいのです。

そう告げると、怯えとも取れる表情が一瞬浮かび、

「あなたの目的は何？　なぜ今さら過去を掘り返すの？」

「私の目的……」

一瞬言い淀んだ。

目的が言えないのではない。「なぜそれがあなたの目的になるの?」と問われることを恐れたのだ。

「目的は、過去をはっきりさせること、だと思います」

「過去をはっきりさせる?」

「ええ。五年前の事件に、私の友人が関連しているかもしれません。大事な友人のことだから、きちんと知っておきたいのです」

「あなたは嘘つきね」

「え?」

「どこの小娘が友人の過去をはっきりさせたくて、関係ない事件に首を突っ込んだりするものですか」

とても流暢な日本語だった。日本の生活が長いことがわかる。

「私は嘘なんか……」

「まあいいわ。けれど、私が話せることなんか何もない。本当に何もない」

「構いません。答えられる範囲で」

最初から予防線を張られては真実が引っ込んでしまう。できるだけ刺激しないように、だけど強気で——。

「どうしてグリン先生は演出家を引退されたのですか？」

「もう知っているでしょう？　マスコミが騒いだからよ」

「でも、バレエ界って閉鎖的ですよね。マスコミの風評によってグリン先生が職を失うようなことは、実際にはなかったように思うのですが？」

「もちろん。美に携わるもの、醜聞にいちいち耳をそばだててはいられない。ただ、私自身がすっかり疲れてしまったの。私が採用した演出がきっかけで貴重な人材をこの世から失ってしまった。その損失はあまりに大きかったのです」

「それは——お察しします」

「いいえ、わかるわけない。一つの蕾を雪の下から見つけ出して、それを開花させるまでの濃密な時間が無になったショックは、体験したものにしかわからない」

「花折愛美さんを教えるようになられたのは、いつ頃からですか？」

「愛美が十歳の時。彼女は一度だけの体験コースの生徒だった。その時に私が見初めて、彼女の母親を説得して入団させたの」

「愛美さんの母親は、相当反対していた、と聞いていますが……」

「ええ、だけど私は彼女の母親と知り合いだったから、私に任せてほしいと言った」

「どういうお知り合いだったのですか？」

そのとき、グリン女史の表情が一瞬引きつった。

「あなた知ってるんでしょ？　私が彼女とどういう関係にあったのか」

明らかに過剰な反応だったので、あえて静かに首を横に振るだけにしておいた。

「彼女の……彼女の昔の夫にレッスンを受けていたことがあったから。そのとき知り合ったの」

愛美の母親の前夫はバレエの世界で有名な人だと塔馬が言っていた。

「こんなことをわざわざ聞くなんて、しらじらしい子ね」

「私は知らないことしか尋ねません。知らないふりをするのは、苦手なんです」

グリン女史はしばらくその言葉を吟味した後、言った。

「アナトーリー・ダニエリ。名前くらいは知っているでしょう？」

嘘――。

まさかその名がここで出てくるとは思わなかった。昨夜見た公演のバレエ・マスター。

彼が、愛美の実父だったとは……。

そうか、あのはっきりとした目鼻立ちは、ロシアと日本のハーフだったのか。

それにしても、今の彼女の動揺の仕方は気になる。

「あの……」

「何？　そろそろ次の講義が始まるわ」

「もう終わりますから。愛美さんのことを憎んでいた人間に心当たりはありますか？」

「覚えておきなさい。バレエの世界でプリマを妬まないバレリーナはダメなバレリーナよ」

「では――そのなかの誰かが……誰かが愛美さんを殺した、という可能性はあると思いますか？」

「可能性、という意味なら、なくはないでしょう。でも、彼女のバレエを見たことのある人間が殺したなら、きっとアンビバレントな感情を抱えて苦しんだことでしょうね。あんな完全なる女神に剣を突き立てたいなんてことを考えた自分を呪いたくなるでしょう」

もういい？　と言って彼女は立ち上がった。

出て行こうとするその背中に、問いかけた。

「昨日、川上幾美さんの公演でハプニングがあったのはご存知でしたか？」

「ハプニング？」

どうやら、知らなかったようだ。

「ジゼルの死ぬシーンで、アルブレヒト役の男性がバランスを崩して倒れました。そのことで取り乱した幾美さんが、役を投げて舞台から降りてしまったんです」

「……そう、ついにジゼルを……」

一瞬だが、彼女は沈痛な面持ちで遠くを見た。それから、我に返ったように語調を引き締めた。

「それはバレリーナとしてあるまじきことをしたわね」

グリン女史は冷静な口調でそう言った。きわめてクールな対応だったと思う。

それでも昨日のハプニングについて話したとき、彼女の脳裏に五年前の出来事が去来したのは間違いない。同じ『ジゼル』で、今度は幾美が主演。懸命に平静を装った頰の筋肉は、彼女の意思に反して硬く強張っていた。

グリン女史のなかでも、五年前の事件はまだ終わっていないのかも知れない。

3

「あなたは昔から探偵ごっこがお好きね」

校門まで送るというミナモを拒む理由はなかった。

「私はダメ。推理小説で推理をした試しがないもの」

「ああ、それは私も」

「あと、探偵がかっこよければ言うことなし」

「言えてる」

二人で笑い合う。こうしていると、三年という時間の隔たりも青空に溶けていくようだ。ミナモはやはり少し全体の雰囲気が柔らかくなった。ほっそりとした左手の薬指に見るだけで重たそうなダイヤモンドの指輪をしているところから〈推理〉するに、婚約者がいるのだろう。二十四から二十五になるとは、そういうことなのかも知れない。

そっとため息を逃がす。

「グリン先生って神経質だからお疲れになったんじゃない？」

たぶん、疲れたのだろう。全身の筋肉が強張っている。

「プライベートなことを尋ねたらすごい剣幕で、ちょっとびっくりしたかな……」

愛美の母親に話が及んだときの彼女の反応は、普通ではなかった。

「ああ、それって女性のことだったでしょう？」

「うん」

「彼女、同性愛者なのよ。そのことで、昔バレエ界で嫌な目に遭ったみたい」

「……そうなんだ」

それなら、グリン女史が激しく反応したのもわかる気がした。ダンサーの中には彼女が同性愛者であることを事件と結びつけて考えたものがいたに違いない。あのときグリン女史はこちらがそのことを知っているものと思っていたのだ。

本当に彼女は愛美たちの母親と付き合っていたのだろうか。もし、二人の関係が恋人同士だったのなら、ダニエリとは緊張状態にあるに違いない。何より、ダニエリは今では幾美の公演でバレエ・マスターを務めているのだから。

ダニエリが、川上幾美の母親の存在を知らずにバレエ・マスターを引き受けたとは考えにくい。仮にも元妻だった女が、その後もう一人子どもを産んだ事実を知らないわけがない。

ならば、ダニエリはどういう気持ちで引き受けたのだろう？

そのことをグリン女史は、幾美の母親は、どう思っているのだろう？

そして、あの最後のグリン女史の沈痛な表情は一体……。

——そう、ついにジゼルを……。

幾美は、グリン女史が演出家をしていた当時からジゼルを演じたがっていた、ということか。当初から姉をライバル視していたのだとしたら——バレエでも恋愛でも自分のほしいものを先に手に入れる姉を消そうと考えたかも知れない。

そう考えると、塔馬が幾美を疑うのも、故なきことではないように思えてきた。

行かなくては。

バレエ団〈プルミエ〉に。

明日、訪ねてみよう。そう心に決める。

不意にミナモがこちらの髪に触れて言った。

「気づいてないみたいだけど、あなた、ずいぶん綺麗になられたわよ」

「え？」

まあ嬉しい、とおどけて両頬に手を当てる。

「ところで、黒猫さんはお元気？」

〈さん〉とあえてつけるところに、彼女の執念を感じないではないが、そこは気づかないふりをする。

「うん、相変わらず。蘊蓄《うんちく》も長いしね」

ミナモは笑った。それから、

「あなたもグズグズしてたらダメよ」

と意味深なことを言うのだった。

グズグズねえ……。

「それじゃあここで。また今度ゆっくりお話ししましょう？」

「うん」

そんな日がいつか本当にくるのだろうか、と疑問を呈する心に蓋をして互いに笑顔を浮かべられる程度には大人になった。時は確実に流れ行く。彼女はもう忘れただろうか？

大学四年のゆらめく猛暑のさなかの事件を。

そんなことを思いながら市ヶ谷駅へ向かって歩いた。駅前の雑踏をかき分けて改札を潜り、ちょうど来ていた電車に飛び乗る。

本日の調査、ここまで。

収穫はあった。

グリン女史と愛美たちの母親、そしてアナトーリー・ダニエリの三人は五年前の事件に確実にリンクしている。

グリン女史は昨夜のハプニングについては知らなかった。だが、表情が変わったということは、五年前の事件との間に、何らかの関連性を見出したのかも知れない。

また、愛美の実父であるアナトーリー・ダニエリがなぜ幾美のバレエ・マスターを引き受けたのか、という新たな疑問も浮上した。明日、調査に出かけよう。

4

冬の所無市《ところなし》は、東京から帰ってくると余計に底冷えして感じられる。自然と寒さに肩が強張り、顎まですっぽりマフラーに隠すと、亀の気分が少しわかってきた。

家に着き、「ただいま」と声をかけるが、返事はない。

どうやら、母上はまた発表の前で仕事に集中しているようだ。母はある私立大の教授をしている。専門は「竹取物語」で、その道では彼女の右に出る者はいない、らしい。典型的な学者馬鹿の予定は、カレンダーを見るより床にぱらぱらと散らばる資料の増減で判断したほうが的確かも知れない。

暇なときは、こちらが気を利かして拾い集めるが、最近では二人揃って研究に没頭している時間も少なくない。

そんな夜でも、楽しみはある。

「ベレニス」と「リジイア」を再読しはじめたところで、母が声をかけてきた。

「ねえ、カップラーメン、食べよっか」

たまの家事の手抜きも、研究に没頭する時間の楽しみなのだ。

「いいねえ。買ってこようか？」

「じゃーん」

母が眼鏡の奥でニッと笑い、取り出したるは、二つのカップラーメン。用意がよろしい。

「お湯、入れるね」

「いいわよ、私が入れますから」

研究の手を休めている瞬間は、頬が緩んで母親らしくなるから不思議だ。女っていろんな顔を身につけながら大人になっていくんだな、と思う。

自分にはまだそう何種類も顔はない。

居間に出てきたこちらに背を向けて、台所でお湯を入れながら、母が話しかける。

「昨日の夜は何も話さなかったけど、どうだったの？」

「え？　どうって？　何が？」

「何がって」

うふふ、と彼女は笑う。

んん、嫌な予感。

「デートだったんでしょ？　昨日」

「そんなんじゃないよ、ほんとに」

「ま、そういうことにしときましょう。で、黒猫くんはドレス見て何か言ってた？」

——バレエを鑑賞するのに、学会みたいな恰好はしてこないように。

事前に黒猫から嫌味なお達しがあったので、急遽母君と百貨店に買いに行ったのだが、何を思ったのかいつになく盛り上がってしまった母が「夜の正装だったらこれくらいは許されるわよ」と、大きく背中の開いたドレスを無理やり着させ、挙げ句店員さんまで「よくお似合いです」なんて同調するものだからこっちが「え？　え？　ええ？」と思う間にドレス選びの時間は終了してしまったのだ。

「……似合ってるって」

嘘ではない。たしかにそう言ってくれた。だが——。

「でも最初見た瞬間ね、笑ったよ。失礼だよね」

「照れくさかったのよ」

「照れくさい？　なんで？」

「いつもあなたって、あんまり女性らしい恰好しないでしょ？」

「まあ、うん、そうかな」

　スカートの日はあっても、絶対ミニではない。そもそも、ジーンズがすべて洗濯に出されているとき以外スカートなんか穿かないと断言できるくらい。女性であることを世間に宣伝して回るようで、気恥ずかしいのだ。

「そのあなたがあんなドレス着てたら、いやでも女性だって意識しないわけにはいかないでしょう？」

「いやでも？」

「まあまあ。それで、あれ？　よく見るとこいつ、かわいいじゃないか、なんて思う。そんなふうに思った自分に、思わず照れて笑う」

「名探偵だね。でも残念、黒猫に限ってそれはない」

　ないない、と二度頭で打ち消す。

　しかし、母の言うように黒猫が思ってくれたと想像してみるのは、悪い気はしない。母の前で顔をニヤけさせるような醜態は演じまい、と頬の筋肉に力を入れる。

母がカップラーメンを両手に持って居間に戻ってくる。

こちらは食器棚から割り箸を二膳取り出す。手抜きは徹底的にしなくては。

「あなたたちの関係、すっごく素敵だと思うわ。でも、悲しいけど、人間って同じ状態を維持し続けることってできないものよ」

母の目が遠くなる。

「カップラーメンといっしょ。三分経ったら、蓋を開けなくちゃならない。人生ってそういうものなのよね」

三分経ったら、開けなくちゃならない。

頭のなかで母の台詞を反芻する。

「のびたら美味しくないしね」

たしかに。

急に見たくない現実を直視させられているような気分になる。

「まあ、若いうちはガムシャラに進むだけでいいのよ」

ガムシャラ、か……。

母上、お気づきだろうか。そのガムシャラを意識的に起動できないのが宅の娘であることに。

今日起こったことを母に打ち明けたいような気がした。だが、そんなことにどれほど意味があるのだろう？　心に迷いがあるわけではないのだ。ただ状況がしんどいだけ。そして、その状況を説明するには、カップラーメンを食べてすぐ研究に戻る相手は不適切だ。

「三分、経ったね」

「うん」

それから、母と娘は、二人揃ってびりびりと蓋を剝がした。

第四章　潜入

1

　午前中の大学キャンパスのカフェテラスは、学部生で賑わっている。午前九時。こんな時間に大学へやってくるのは久しぶりだった。博士課程に入ると、講義は大抵午後から夕方に集中しているのだ。

　愛される女、愛されない女。

　図書館に近い隅の席に陣取ってそんなことをつらつらと書き記しながら、これを誰かに見られたら、恋の悩みをお抱えですかと言われそうだ、と思った。

　塔馬が見せてくれたあのメモ。

　あれは何のために書かれたものだったのだろう。自分の気持ちを整理するためなら、日記に書けばいい。それを、わざわざ見える場所に置くのは——。

　誰かに見てほしいから？

殺す計画を書いたわけでもない、殺した、と告白したのでもない。ただの内なる暗黒を吐露しただけ。そして、それが人目に、あるいは本人の目につけば、それでいい。それだけなら犯罪とは言えない。

問題は——。

花折愛美が現実に死んでいることだ。

事件のほうへ散歩し始めた思考に待ったをかけて、メモに目を戻す。実際には恋の悩みではなく、黒猫に言われたように、〈運命の女〉の観点から「ベレニス」と「リジイア」を比較しているうちに感じたことを書き留めていたのだ。「ベレニス」のヒロインは、語り手の男性に愛されていないが、「リジイア」は愛されている。

ほかにも、対照的な点はある。

ベレニスは愛されてはいないが、ライバルも存在しない。一方、リジイアは愛されているが、べつのロウィーナという名の女性の存在があり、これが物語の後半の展開に生きてくる。

黒猫の言うとおり、二作は対極にあり、その胴体が一つだと想定することは、スリリングだ。

残念なのは、スリリングではあるものの、そこからどんなふうに論理を展開するべきなのかが不透明なことだ。

ぼんやりとそんなことを考えていると、

「恋の悩みかな？」

案の定、こういうことを言ってくる人間がいる。

振り返ると、そこに岩隈《いわくま》准教授がいた。

年齢は三十代半ば。柔らかそうな栗色の髪が、線の細い顔立ちに似合っている。才能はじゅうぶんにあるのに、専攻がガダマー芸術学で、その大家が大学内に二人もいるばかりに准教授に甘んじている。もっとも、三十代半ばでいまだ助手という人もいるので、彼などは出世コースの範疇だ。

「おはようございます、岩隈先生」

「おはよう。今の表情とても良かったよ。恋する乙女って感じでね」

「はあ……。研究に恋していました」

岩隈先生は笑った。

それから、

「恋と言えばね、昨日『ジゼル』を観に行ったんだ」

これは奇遇な。

そう、昨日は公演二日目。初日のハプニングを乗り越えて、どんな舞台に仕上がったのか、興味があった。

「あんな酷い『ジゼル』は久しぶりに見た。残念だったね」

残念だったねと言いながらもどこか嬉しそうなのは、この美学界隈の教授の特質かも知れない。「残念」のなかにも何らかの個人的発見があったりするのだろう。だから、他人には「残念」と言いながらも、収穫に思いを馳せて満足顔になるのだ。

「どんなふうに、酷かったのでしょう?」

「問題はジゼル役さ。あれは終始、心ここにあらずという感じだった。最初から恋の溌剌《はつらつ》とした感じがなくて、苦しい恋のような踊りだったから、第一幕の締めの絶望が全然ドラマティックにならない。さらに第二幕に移ると、もう完全に崩壊だよね」

「崩壊?」

「生の感情から解き放たれた死の無機質さに徹することができていない。くわえて後半で見せるべき慈愛がちっとも感じられない。まるでまだ生きていてアルブレヒトに怨念を抱いているみたいな踊りだった。あれでは観る気をそがれてしまう」

はあ、と岩隈准教授は眉間に皺を寄せて缶コーヒーを飲む。

「もっとも、インスタントコーヒーだと認識していれば、どんなコーヒーも飲めると言えば飲める。そういうものだろう?」

なにやら嬉しそうに笑いながら、岩隈准教授はこちらの肩をぼんと強く叩いて言った。

「昨日のジゼルは君がやるべきだったかも知れないね。あっはっはっは」

あっはっは。

全然笑えなかった。

アトリエでのあの一瞬が、取り返しのつかない事態に発展しつつある。そんな気がする。

幾美は昨日のキスを誤解して、そのせいで演技がうまくいっていないのに違いない。

やはり、誤解を解かねば。

カフェテラスに隣接した図書館に入り、本当は禁止されているのだが、図書館の検索用パソコンを使って、これから向かうべき場所を調べた。

ポオのノートを閉じる。いざ出陣である。

2

目白駅を背に、雑司が谷駅方面に歩くこと十分。目指す〈プルミエバレエ教室〉はG大学を過ぎ、右手にレトロな雰囲気の都電がゆったりと通り過ぎるのを見ながら、明治通りを渡って入り組んだ小道に入ったところにあるらしい。実際に来てみると、さっきホームページで確認したよりもわかりにくかったが、簡略化された地図のなかにあったパン屋を頼りに進むと、ようやくモダンなオフィスビルが現れた。

〈プルミエバレエ教室〉

先鋭と瀟洒な雰囲気が融合した外観の中央にあるゲートを潜り、自動扉を通過してエントランスへ。

子どもの頃通っていた古びた小さなバレエ教室のイメージとは程遠い空間に戸惑う。まるで未来都市の要塞だ。今にもロボットが登場してどこかへ案内しそうな気配。

中央には電話が一台。御用の方は一覧より訪問先の内線番号を押してください、とある。指示通りにする。

――こちら〈プルミエバレエ教室〉です。

「あの……ダニエリさんにお会いしたいんです」

――ご予約はされていますか？

「いいえ」

――お名前を伺えますか？

名前を伝えた。書き取っているのか、一瞬間があく。

――では五階へお越しください。

エレベータのボタンを押したあと、ふと右側の壁面を見た。そこにはガラスのオブジェが展示されていた。一目で塔馬の作品とわかるものだった。タイトルが下にある。

"I Will"

絡み合う男女の図。

不意に後頭部と腰の辺りに塔馬の手の感触が甦り、それらを脳から追い払いたくて首を振った。

エレベータの扉が開いた。乗り込んで五階のボタンを押す。

そのとき、閉まりかけた扉が再び開いた。美しい亡霊がそこに立っていた。

上下揃いの黒のジャージ、髪を後ろでまとめた顔は、血色が悪く青白い。

エレベータに乗り込んできた人物――それは、川上幾美だった。

3

「あの……昨日はその……」

静まり返ったエレベータの中で、話を切り出した。あと一秒でも黙っていたら、窒息したのではないか。それくらい気まずい沈黙だった。

「昨日？」

川上幾美は、その単語自体を知らないような声を上げた。思っていたよりも、神経質で甲高い声だった。

「昨日が、どうかしました？」

それ以上言わせない、という強い意志を感じた。だが、こちらとて黙っていたのではここまできた甲斐もない。

「ですから……塔馬さんのアトリエで……」

「あら、陽孔と貴女はお知り合いなの？」

こちらを見向きもせず、台詞を棒読みするように彼女は言う。

「陽孔がどうかした？」

「その、誤解をなさっているように思えたので」

「誤解？　そう言えば、貴女、初日の公演で陽孔の隣にいらした方ね？」

気づいていた……。

「あれは偶然で……」

「私はてっきり、もう一人の方とご一緒なのかと思っていたけれど、思い違いだったわね」

黒猫のことも視野に入っていたとは。

「それとも、二人とも手に入れるおつもり？」

平静を装いながら、唐突に刃を向けて切り込んできた。

「誤解です」

「人の婚約者だって、ご存知なかったのかしら?」

「ですから……」

「わかった、相手を間違えたのね? 図星でしょ?」

話を聞く気がない。

彼女の中には、負の方程式が出来上がっている。

そして――。

パンッ。

気がつくと、エレベータの壁に身体をぶつけて倒れていた。左頬が焼けるようにじりじりと熱い。

起き上がろうとする身体の上に、幾美が跨る。

静かな狂気――。

――殺される。

反射的に目をつぶっていた。

幾美の冷たい指先が、唇をなぞる。

「気にしないで。陽孔が愛してるのは、私だけだから」

その直後。幾美の爪が、上唇をすっと切った。

「うぐっ……」

ほんの数ミリの傷。だが、激痛に悲鳴が洩れた。

チンッと音がして、エレベータが開く。

「しばらくキスはできないわね」

答える気はなかった。唇が痛いせいもあったが、もはや彼女にはどんな言い訳も無駄に思えたのだ。

代わりに、直球で勝負することにした。

廊下を歩き出した彼女を急いで追いかける。

「五年前に起きたあなたのお姉さんの事件のことで、ダニエリ氏にお話を伺いに来ました」

足を止め、振り返った彼女の顔が、あからさまに引きつるのがわかった。

「つまり、あれは本当に自殺だったのか、ということです」

幾美の顔から、もともとない血の気がさらに引いて蒼白になる。

「そんなの……あなたに何の関係があるの？」

あえて質問をやり過ごす。

「剣を、お姉さん以外の誰かが本物に替えたのだとしたら、殺人ですよね？」

唇の痛みのせいか、昨日まで感じていたいわれなき後ろめたさが消えていた。代わりに、真相究明のために冷静に相手との間合いを計る自分がいる。

「馬鹿げてるわ。あれは自殺よ。警察もそう判断したの。姉は前日に小道具室に入るところを目撃されているのよ」

どう出る？　この人とのやり取りは全てが駆け引きになる。一歩出方を間違えれば、真相は奥に引っ込んでしまう。

「当時、愛美さんのことを殺したいとまで思っていたバレリーナが近くにいました。彼女は、愛美さんがプリマを演じることがどうしても許せなかったのです」

「何を証拠に言っているの？」

「メモです。犯人と思しき人物が書いたメモを私は持っています」

とんでもない嘘をついてしまった。だが、もう引き返せない。

幾美は、凍りつくような眼差しを向けた。

「なぜ――あなたが？」

「あなたに教える義務はありません。ダニエリさんはどこですか？」

鞄からポケットティッシュを取り出して、上唇の血を拭き取った。

そのとき、背後からバリトンが響く。

「イクミ、聞こえてたよ、さっきから君のオッカナイ声」

赤毛のショートボブが印象的な初老の男は、ゆっくり歩いてこちらへやってきた。

高い鼻とニヒルな口元、そして抜け目のない視線――アナトーリー・ダニエリの登場である。

「稽古に戻ります」

幾美は不機嫌を隠さずにそう言って、細長い廊下を歩いて行ってしまった。

「悪いね。昨日の公演が散々だったから気が立ッテル」

ダニエリはそう言って頭の上に指で二本の角を作ってみせる。

「まるで本物のヴィリダネ」

「……」

「今夜のチケットは持ッテル？」

「ええ、たぶん」

塔馬が都合する、と言っていた。また塔馬の隣だったらと考えると躊躇してしまうが、黒猫の手前行かないのは不自然だろう。

「それはイイネ。今夜の舞台はきっと最高のものになるヨ。調子が上がっテル。正直、公演初日は私も心配ダッタ。きっと失敗するッテネ」

「失敗する？　なぜです？」

一昨日のハプニングを予想していたとでも言うのだろうか？

「イクミは素晴らしいバレリーナ。それは事実。でも経験が足りない。バレエの経験じゃないヨ。人生経験ネ」

「人生経験？」

「そう。スッゴイ重要。人生経験。彼女、嫉妬も憎しみも絶望も知らないから、第一幕の最後に行くほどアクションが浮ついていたんダヨ。見てらんない感じネ」

さっきの顔。

あれのどこが憎しみを知らない顔だろうか？

「今夜は一味違う舞台になるネ。何があったか知らないケド、彼女、間違いなく一皮剝けた。いい演技になるヨ。ただし、第二幕はわからないけどネ」

まるで他人事のように薄ら笑いを浮かべている。

バレエ・マスターとしての責任は、この人にはないのだろうか。

「『ジゼル』の第二幕はどんなバレリーナにとっても未知の領域ネ。ナニシロ、みんな死んだことがないんダカラネ」

ダニエリはそう言って一人で笑い転げる。この人、昼間から酔っているのかと思ったが、そうでもないらしい。いい加減な雰囲気を漂わせているようでいて、舞台を見るときだけガラリと変わるタイプなのだろう。笑っていても目力が常人とは明らかに違う。

「それで、君はボクに何を聞きにきたワケ？」

「はい、実は……」

「五年前のこと、ダロ？　盗み聞きしちゃったネ」

「そうです。あなたの……」

「ボクの娘が自殺したこと？」

「ええ」

ダニエリの顔から、ふっと笑みが消えた。

記憶の引き出しを探るように、ダニエリは頭を抱えて答える。

「ボクはその日、客席の最前列で観ていて、彼女の血まで浴びたンダヨ」

血を――浴びた？

「その当時、愛美さんと交流があったのですか？」

「アッタヨ。彼女は僕の元でレッスンを受けたがってショッチュウ連絡をとってキタ。いつも断ってたケドネ」

「なぜ、断っていたんですか」

「自分の娘にバレエを仕込むなんて、趣味の悪いことはしたくなかったんダヨ。それに、すでに彼女は完璧だったシネ。でも彼女は毎度自分の公演のチケットを送ってきたヨ。いつもは無視してたんだけど、そのときは行ったヨ」

「そのことは彼女の母親は知っていたのでしょうか？」

「ねえ、君、何者ナノ？　なんでそんなこと知りたいの？」

「私は――興信所の人間です」

何を言ってるのだ、オイ。内心で突っ込みを入れてももう遅い。

最近、自分の言うことを聞かないべつの自分がいる。強くなったということなのか、単に身勝手になってきたのか。

黒猫に似てきた？

そうかも知れない。何しろ、どこへでも分け入って自分の教室にしてしまう男だから。

「コウシンジョ？　何ソレ？」

ダニエリは、外国人らしいオーバーなリアクションをして見せた。

「依頼人の名は明かせませんが、その方は五年前の愛美さんの事件によって甚大な被害を受けました。私はその方に真相究明を頼まれてこうして調査しているんです」

百パーセント純粋な嘘だった。ここまで堂々と嘘をつけたことがこれまでの人生で一度でもあっただろうか。

だが、今の嘘がダニエリに精神的ダメージを与えたのは確かだ。

「……なるほど、マーガレット・グリンダネ？」

「申し上げられません」

「フン、まあイイ。彼女なら、僕を犯人に仕立てあげようとしても不思議じゃないネ」

やはりダニエリとグリン女史の間には確執があるのか。

「それで、さっきの君の質問。ナオミは知ってタヨ」

ナオミ――というのが愛美と幾美の母親の名らしい。

「ナオミはネ、マナミがボクにコンタクトを取ろうとしてたことをいやがってたけど、そのときは違ッタヨ」

「違った？」

「ナオミのガールフレンドのマーガレットを通してチケットを寄越してキタ。嫌われ者を娘の舞台に招待してくれたってワケ。行かないわけにはいかないダロ？　渡しにきたマーガレットにこれ以上恨みを買いたくもなかったしネ」

「これ以上？　その前にも恨まれるようなことがあったんですか？」

「そりゃ、マーガレットの最愛の女を一方的に捨てたからネ。彼女も、もっと恋愛を気楽に考えればいいノニ。そう思わナイ？」

「恋愛は気楽ではないですよ。それにダニエリさんが捨てたのは家庭です」

「アア、ソウ」

ダニエリはまるでどっちでもいいというように頭を掻いている。

「依頼主は、五年前の事件も一昨日の事件も、ダニエリさんが引き起こした、と考えているようです」

反応を見る。しかし――。

ダニエリは、ただ冷笑を浮かべただけだった。

「馬鹿げテルョ。一昨日のは単なる目眩じゃナイカ。ホントに何でもないことダョ。それに、五年前についてなら何十人もいたスタッフ全員が容疑者ダロウ」

「剣は誰でも取り出せたのでしょうか?」

「ここにある小道具室に仕舞ってたらシイヨ。金庫に入れて鍵をかけてたわけじゃないし、誰でも取り出セル。ここから〈リーニュ〉まではそう離れてないし、舞台前夜でも当日でも交換できただろうネ。ただし、そこを出入りするところを目撃されているのは、マナミだけなんダヨ」

「ダニエリさんは入りませんでしたか?」

「残念ながらネ。五年前はここのスタッフじゃないンダ。小道具室がどこかだって知らないヨ」

「愛美さん本人に場所を聞いたのかもしれません」

そんなことを本気で疑っているわけではない。ただ興信所と名乗ったせいで攻撃的な自分が表に出ているのだろう。普段からこうありたいものだ。そううまくは行かないだろうけれど。

「そんなの怪しまれるだけじゃナイカ」

「愛美さんはダニエリさんを慕ってましたからね。何を聞かれても答えたかもしれません」

ダニエリは首をすくめる。

「動機がないヨ」

「そうでしょうか？　世間的にはダニエリさんがナオミさんを振ったことになっていますが、本当はグリン女史を愛していたナオミさんの偽装結婚で、あなたはその被害者になったことをあとで知ってそれで……」

「すばらしいヨ。踊り子にナレ。そこまで頭が回るならきっといい踊りがでキル。かわいいしネ」

そう言ってこちらに手を伸ばす。

さり気なく後ずさりしてそれをかわす。

「大声出しますよ」

「お好きなようニ。みんなレッスンに集中していて気づかナイサ」

ぞくり。

年齢がいっても枯れていないんだな、この人。誰もいないところで二人という構図はまずかった。身構えていると、突然ダニエリが噴き出した。

「な、何がおかしいんですか……」

「アハハハ、いや、ゴメンゴメン。でも今の君の顔……」

ムッ。顔が、何ですと？

「とにかく、君の推理は的外れダヨ。0点。それに人間はそんなことで人を殺さないヨ」

ダニエリはふっと真摯な表情になった。

「バレエを見てごらん。あのなかには人間のすべてがある。そして、バレエで描かれないような現実は現実的ではない」

どこかで似たような台詞を聞いたことがある。

――美的でない真相は真相の名に値しない。

黒猫の決まり文句ではないか。

美に関わる人々の言うことは、どこかで似てくるのかも知れない。

「不快な思いをさせて申し訳ありません」

「構わないよ。本当のこと言うとネ、ナオミはしつこく復縁を迫ってきたンダ。でも、二、三回あしらわれたらさすがに諦めたようダッタ。彼女はいまも心を病んで精神病棟にいるヨ。可哀想ニネ」

まるで他人事だ。

「君の考えでは、一昨日のハプニングと五年前の事件とがつながっているんだネ？」

「ええ」

「なぜ？」

「演目が同じ。しかも、事件が起こったのも同じ第一幕の終わり。そしてプリマは五年前のプリマの妹。偶然とは思えません」

「なるほど。君とボクとは、ともに目が二つ、鼻が一つ、口が一つ。偶然とは思えナイネ」

ダニエリはそう言って笑った。

からかわれているらしい。

「ゴメンネ。君があんまりマジメな顔してるからふざけたくなっちゃうんダヨネー」

気が抜けて怒りすら湧かない。このところいろんな場所で、男の人にからかわれ、女の人に睨まれている気がする。

「僕はね、演者にいつも言うんダヨ。役に入り込めないときは、まずは踊りを完璧にしてごらんってネ。踊りを完璧にすれば、その人物にいずれは入り込メル。どう？　君の捜査に役立ちそうじゃない？　コーシュカ」

コーシュカ――ロシア語で子猫。ずいぶんかわいいものにたとえていただいたものだ。

「動きをマスターすることがいかに重要か。まあ、百聞は一見にシカズ、ネ」

コッチヘオイデ――そう言って、ダニエリは歩き出した。

4

向かった先は、音響ルーム。

モニターの前方に防音ガラスが張られ、その窓から稽古場を見下ろすことができるようになっている。

十数名のダンサーが隅でひっそりと練習するなか、中央では川上幾美が華麗な舞を披露していた。

幾美の動きは、ジャージ姿でもハッと息を呑むほどにキレがあって美しく、くるりと回ると風を感じ、アルブレヒトを想う仕草からは花の匂いすら嗅ぎ取れるような気がする。

さっきのエレベータで見せた怒りなど、演技からは微塵も感じられなかった。

「さあ、次が一幕の終わり、狂乱の踊りだ」

瞬きをするのも忘れて、幾美の舞に釘付けになる。

一昨日の演技がプラスティックの安物に見える。

彼女の悩ましい顔、遠くを見る目。そこに描かれているのは、あるはずだったアルブレヒトとの輝ける未来。その未来が遠のいていくのが、指先の動きで、脚の動きでわかる。

甘くも虚ろな目。

希望が消えた目――。

「この目がやっとできるようになった。一皮剝けたんダヨ」

あのキスのせいだ。

昨日の午前中に見たキスのせいなのだ。ダニエリはわかっていない。彼女はジゼルを演じているのではなく、彼女の絶望を踊っているだけだ。昨日はまだショックが強すぎて、演技自体がぐじゃぐじゃになってしまったのだろう。一夜明けてそれが養分となった。

演技じゃないから凄味があるのだ。

あるいは、それこそが〈演じる〉ということなのかも知れない。

マイクを使って、稽古場へダニエリが声をかける。

「いいぞ、イクミ。ハラショー」

イクミは踊りを続けながら、小さく頷いた。

もっと違う形で彼女と知り合いたかった、と思った。

「君はイクミと似たところがあるヨ」

「え？　私がですか？」

「目の輝きが強い。でもたぶんソレ、今だけでしょ？　興味のないときはとてもぼんやりとして静かなんじゃナイ？」

……ああ、短時間でも見抜かれる自分の単純さよ。

自分と幾美が似ていると言われるのは複雑な心境だった。自分はあんな激情型ではないと思うが、確かに好きなことには没頭するのに、ほかのことではいつも一歩下がったところに自分を置いてしまう。

幾美が黒猫の元恋人ということは――。

いやいや、その類推、何もいいことはないぞ、と思いとどまる。それに黒猫は誰かと誰かを比較したりはしないだろう。

塔馬はどうだろう？

そもそもなぜキスを――。

「ボクね、わかっちゃったヨ、君の正体」

「な、何ですか……」

突然ダニエリがそう言ってニヤッと笑った。

「君、トーマに振られたガールフレンドとかじゃないノ？」

「は？　違います！　あんな人……」

「でもトーマのことは知ってるみたいダネ？」

しまった。興信所の嘘が……。

「トーマもいい男だよ。イクミから奪っちゃえば？」

「そんなんじゃありませんから」

「まあ君じゃ難しいカナ」

何ですと？　べつに塔馬に興味はないけれど、よく知りもしない相手に言われる筋合いはない。ムッとしているこちらを無視してダニエリは続けた。

「トーマはゾッコンだからネ。何しろ、自分の席の真正面でイクミの倒れるシーンを見たいからって、第一幕でジゼルが倒れるポジションを指定してきたくらいダカラ」

そんなにも幾美を愛していたのならば、塔馬は昨日キスを見られたことを今頃後悔しているのだろうか？　だが、幾美の先ほどの態度から察するに、まだ誤解が解けた様子はない。

「あんな悲惨なシーンになっちゃってトーマに悪かったナ。イクミもイクミだよ。あんな些細なハプニングだ。一流のバレリーナはどんなアクシデントでも演技を続けなきゃ。彼女が舞台を降りなければアルブレヒト役だって形勢を立て直せたんダヨ」

たしかに……。

ハプニングを何食わぬ顔でやり過ごしてこそのプロ根性といえるかも知れない。

しかし、幾美は気分で歌いやめる大国のロックスターのように、舞台から降りた。

「そうですね、私も、あのハプニングは回収できるレベルだったと思います」

「まあ、下手な二幕を見せられるよりはマシだったけどサ」

ペロッと舌を出して見せるとなかなか愛嬌のある顔になる。

「アルブレヒト役のダンサーは、一昨日が初主演。それなのにあのハプニングだからネ。ツイてなかったヨネ」

「その、彼は、どうして目眩を起こしたんですか？」

「それがアイツにもよくわからないらしいヨ。ただ、何も見えなくなったんダッテ」

「何も見えなくなった？」

「目が痛くなって、目の前が真っ白になって頭の中まで真っ白になって、気がついたら——バタン」

「意識はあったんですか？」

「意識はずっとあったって言ってたネ。ただ、目が元に戻らなくて、しばらく起き上がれなかったラシイ。今はなんともないけどネ。ほら、あそこ」

下を見ると——。

幾美とパ・ド・ドゥを舞うダンサーの姿があった。

化粧をしていないせいか舞台上で見るよりすっきりした顔立ちの青年が、優雅な踊りを披露している。

「誰か毒でも持ち込んだんじゃないかって、舞台降りながら文句の言い合いで大変だったヨ」

その言葉に、頭のどこかが反応した。

毒——刺激臭——そうだ、塔馬のアトリエ……。

あのアトリエで嗅いだ刺激臭。あれは作業工程で当然出るものだったのだろう。

そして——。

——復活した……。

何かが見えた気がした。何かが。

真実は、光の加減によって見え方の変わる繊細なマテリアルだ。

まるでガラスさながらに。

5

「もうそろそろレッスンに戻らナイト」

時計をちらっと見てそう言うダニエリの前に立ちはだかる。

「ひとつ、確認したいことがあるんです」

ダニエリは首をすくめてから、ナニ？　とにんまり笑って尋ねる。

「ジゼルの衣装の鬘《かつら》って、今はどこにありますか？　もしかして劇場に？」

「いや、ここにアル。毎朝、衣装係がチェックのために引き上げテルヨ」

ダニエリが案内してくれた。

廊下の仄暗い明かりの下を時折バレエ教室の子どもたちが行き交う。チュチュを纏った子どもはとてもかわいい。そして、昔の自分をそのなかに見てしまう。

高校に入っても続ければよかったな、と思う。

もう遅いけれど。

これまで、いくつくらい「もう遅いけれど」を自分は繰り返してきたのだろう？　でも、今日ここに来たのは、同じ台詞を繰り返さないためなのだ。

もう後悔はしたくないから。

「ここダヨ」

ダニエリが立ち止まる。

白いドアを開けると、一昨日の舞台が甦った。

衣装たちが息を潜める空間に足を踏み入れると、自然と胸が高鳴る。煌びやかな衣装に囲まれるだけでタイムスリップしたようにドキドキする。

ジゼルの衣装。そのハンガーの上部に、鬘がふわりとかかっている。それを手に取り、そっと鼻先を近づける。

刺激臭は、ない。

「鬘なんか見てどうスル？」

「いえ、ただ、あらゆる可能性を検討したくって」

アルブレヒト役が身をのけ反らせたのは、ジゼルを抱き寄せ、鬘のなかに顔をうずめて悲しみを表現した瞬間の出来事だったように見えた。

だから、有毒の刺激臭を染み込ませてあったのではないかと考えたのだ。

だが、どうやら違ったようだ。と思っていると、

「そう言えば、あれは昨日の朝だったネ」

ダニエリが思い出したように言った。

「どうしたんですか？」

「衣装係が髪留めの歯が折れてるって言い出したンダ」

「髪留めの歯が？」

ジゼルの髪をよく見る。

ジゼルの髪はきれいにまとめあげられていた。使われているのは、マットな質感をもった黒いプラスティック製の髪留め。

「ああ、これは新しく用意したヤツ」

髪留め。

もしかして——。

「ダニエリさん、その髪留めって、ガラス製のものでした？」

「ああ。なんでそれを？」

「いえ……なんとなく」

ガラスでできた髪留め。

かつて塔馬が愛美に贈ったものを、幾美が愛用していたのに違いない。

「ああ、これこれ」

ダニエリはそう言って、部屋の奥にあるテーブルのうえに置かれていたガラスの物体をもって戻ってきた。

「ネ？　全部折れテル、髪留めの歯が」

ガラスの髪留め。その櫛の歯の部分が、根元からぽっきりと折られているのだ。上下七本ずつすべて。それも、はじめから何もなかったようにきれいに切り取られている。

「この衣装は初日の公演後は〈リーニュ〉にあったわけですね」

「そうダネ。で、翌朝、ここに戻す最中に鬘から、この歯のない髪留めが落下してきて衣装係が発見したってワケ」

ということは、折れたのは劇場？

「それにしても、きれいになくなッテルネエ……」

切断面を覗き見る。ぽっきりと折られた感じではない。まるで初めからそういう形だったみたいに、きれいに歯の部分が消えており、わずかな凹凸さえないのだ。

普通の人間にできる仕業ではない。

これは——。

ガラスを使い慣れた人間の仕業。

それもガラスを加工する特殊な道具を持った人間。

塔馬の顔が脳裏を過《よ》ぎる。

そして、額に浮いた汗。

そうだ。

バーナーを使えば可能ではないか。

でもなぜ、歯の部分だけ、切断しなければならなかったのだろう？

どうして本体は戻したのだろう？

第一、戻す理由がない。もし髪留めに弱い毒を塗っていたのなら、髪留めごと廃棄してしまえばいい。なにもわざわざ歯の部分だけ切断して律儀に残りを戻したりする必要はないではないか。

何となく感じていた一昨日の出来事への違和感は、解消するどころか、ますます大きくなっている。

だが、髪留めが何らかの形で一昨日の事件を解く鍵となっているのは間違いない。やはり塔馬がこの一件に絡んでいるのだ。

恐らく、五年前の事件にも——。

塔馬の顔を思い出す。

抱きすくめられた感覚が甦る。

ダメだ。頭がうまく働かない。

「大丈夫？　顔色悪いョ？」

「大丈夫です……今夜の公演、楽しみにしてますね」

ダニエリは小さく何度か頷きながら、鬘を外してくるくる回して元の位置に戻した。

「コーシュカの期待に応えなくちゃネ」

軽薄な初老の男の奥に潜む、美の探究者の厳しい表情が現れた。

6

エントランスまで送る、というダニエリの申し出を断って、足早にエレベータに乗り込む。

今度は一人きりだ。

頭のなかで謎を箇条書きする。
●髪留めの歯はどこへ消えたのか？
●髪留めの歯を折ったのは誰なのか？　その意図とは？

●なぜアルブレヒト役は公演中に倒れたのか？
●五年前の愛美の死は自殺か、他殺か？
●他殺なら、犯人は誰なのか？　それはメモの主なのか？
●二つの事件につながりはあるのか？
髪留めを折ったのが塔馬であることは間違いないだろう。バーナーによるクリアな切断面がそれを証明している。オーナーの息子である塔馬なら、バレエ・ホールへの出入りも自由だったに違いない。

問題は、なぜそんなことをしたのか、だ。

そして、髪留めの歯の謎とアルブレヒト役が倒れたことに関連性はあるのか、ないのか。

さらに、これら二つの出来事は五年前の事件にリンクするのかどうか。

もしリンクするのなら、塔馬から髪留めの歯を折った理由を聞きだすことで、五年前の事件も大きく進展するはずだ。

もう一度、塔馬のアトリエに行かねばならない。

はあ、とため息をつきながら、ふとエレベータが動いていないことに気づく。

「あ……」

昇降階のボタンを押し忘れていた。

ボタンを押し、エレベータが下降しはじめたのを確認しながら、急にふさぎの虫に襲われた。

行けるわけないよ。二度と。

あんなことさえなければ、単刀直入に尋ねているのにと思うと、何となく無駄な迂回をして彷徨《さまよ》っている感じがしてくる。

思い描いていたようにことは運ばない。だんだん、自分が何をしているのかわからなくなる。もうこんな探偵ごっこはやめて、研究に戻ったほうがいい。心のどこかで警報が鳴っている。

黒猫の言葉が、脳裏をよぎる。

——この一件には首を突っ込まないほうがいい。実にプライベートな事件だから。

黒猫、ごめんね、迷子になっちゃった。

探しに来て。心がそう叫んでいて、苦しかった。

エレベータの扉が開く。

その瞬間、思い出した。

今日だ。講堂で黒猫が講演をする日。

時計を見る。昼の少し前。

講演はたしか午後からだったはず。まだ間に合う。

行こう。

無性に黒猫の声が聞きたくなった。
急に塔馬からのキスなど取るに足らないことのような気がした。
一瞬の幻想かも知れない。
明日にはまたくよくよするかも知れない。
でも、勘違いできそうなときに、飛び出すべきだ。
黒猫に会いたい。
三分経ったら蓋を開ける——それが現実なら、蓋を開けることを、恐れてはなるまい。

第五章　優美

1

五分前に到着すると、講堂はすでに満席だった。どうしたものかと困っていると、背後から声をかけられた。

「相変わらず、黒猫君は人気者だな」

岩隈准教授だった。

「若い教授っていう色眼鏡が強い気もしますけど」

才能がありながらポストに恵まれない岩隈先生を気遣ってシニカルな意見を述べる。

院の同期生に聞いたところによれば、黒猫が教授に就任した時は、岩隈准教授が相当ナーバスになって、学生から〈猫〉という単語が出るのも嫌ったほどだったとか。

「君の見解も間違いではないな。何割かの人は、そういった商業主義的な側面から黒猫君をもて囃している節はある。しかしね、あまり認めたくはないけど、やはり彼の存在は、若さを差し引いても今の学界において特殊であることに変わりはないんだよ」

意外だった。

この人はアンチ黒猫派だと思い込んでいたのだ。

「若さなんて弊害としか思えないくらい、彼には唯一無二の存在感がある」

「岩隈先生……」

「僕がこんなふうに彼を認めているとは思わなかった？」

「……ごめんなさい」

「いいんだ。やっかんでいるところがあるのは確かだからね。でも、それと才能を認めるのとは別のことだよ。彼のような人物がこれからもっといっぱい出てくれれば、閉ざされた研究の世界も少しは風通しがよくなる」

案外ラジカルなんだな、と感心する。彼の言うとおり年齢に関わりなく研究者の才能が評価されるようになれば、ユニークな人材が次々に出てきて講義も楽しくなるだろう。

「研究においていちばん重要なのは、実は新しい発見をする人間ではないんだよ。発見に重きを置く研究者は、次の新しい発見に淘汰され、いずれ存在意義を失うだろう。だが、独自性と絶対的な魅力とをもつ者の研究は、どんな内容であれ、そこにスタイルを見ることができる。これが、研究者にはもっとも大事なんだ」

「――岩隈先生、さりげなく、私に説教してます？」

「いや、自戒」

そう言って岩隈准教授は自嘲気味に笑う。

自分のスタイルか――。

スタイルに自覚的になる、ということが、まだ自分にはできていない。自分の輪郭が見えていないから。

「まあ、しっかり今日の講演を見届けようじゃないか。彼の、最終講義だ」

「え?」

最終? どういう意味だろう?

「さ、始まるよ」

壇上に黒猫が現れると、一斉に割れんばかりの拍手が起こった。

黒猫はといえば、普段どおり黒のスーツに白シャツ。

「本題に入る前に、古い時代の美学の話をしましょう。もちろん、私が生まれるより、昔の話です」

会場から笑いが起こる。黒猫は、会場が静かになるのを待ち、再び話し始める。

「一八世紀中期頃、二つ以上の異なる美学概念を論じる際に美的範疇論と呼ばれるものが語られ始めました。美学が発展した結果、直感的な快感情によって捉えられるとされる美の定義に必ずしも当てはまらないような性質が、かえって美を語るうえで欠かせないという必要に応じて生まれたのです。

　なかでも、画家のホガースが提唱した〈優美：Grace〉という概念は当時注目を集めました。ホガースは蛇行線を〈優美〉な線と捉えています。つまり、我々人間や動物の運動の美を捉える言葉です。

　和訳の〈優美〉のなかには、美という語が含まれていますが、元はギリシア語で、美のなかでも人間を特に捉えてやまないものを〈優美〉としていることから考えれば、人間にのみ感じられる優れた美の概念という人間上位的な思想で輸入されたことが読み取れます」

　なぜ、〈優美〉の話なのだろう？　予想外の導入に、しばし戸惑った。黒猫は続ける。

「この訳語を用いると、〈優美〉が〈美〉よりも上位概念のように感じられるでしょう。これは、五感を通して感じられる性質より高次の〈美的質〉といわれる概念と密接につながっているためです。

　先日、私はとあるバレエの舞台を見ました。演目は『ジゼル』です。お世辞にもすばらしい舞台とは言いがたかったのですが、その上演中に、私は何度か舞台上で〈優美〉を感じました」

　なるほど、そこにつながるわけか。

　美学・芸術学の研究をしていても、研究が個々に先鋭化しはじめると、古い美学の理論からは外れた論調になりがちだが、黒猫はそういった論文の在り方に対してはつねに否定的だ。彼は確固たる美学・芸術学の歴史のうえに自分が立っていることを決して忘れないのだ。

「〈優美〉の実質はルネサンス期に広まった〈いわく言いがたい魅力〉と同義と言っていいでしょう。

では先日、私に〈優美〉を感じさせたのは何だったのか、と言うと、これはバレエの筋《ミユトス》でもなければ踊り子の型や動き、舞台の色彩や音楽でもありませんでした。

私に〈優美〉を感じさせたのは、まさにその彼方にあるもの、〈美的質〉と呼べるものだったのです。具体的に言えば、バレエのもつ〈目に見えた透明性〉とも言うべき矛盾した〈美的質〉、これが〈優美〉の正体だったように思います。

今日は、その〈いわく言いがたい魅力〉が、我々の頭のなかでどのような活動をしているのか、という話をしたいと思います。と言っても、私は脳科学者ではありません。ですから、話はあくまでも美学的に進めたいと思います」

いよいよ、〈遊動図式〉の話に入るようだ。

ここまでの話は、バレエという具体例を用いつつ、教科書どおりに美学史を踏まえた前説。論の運びとしては丁寧だし、講演としての魅力もじゅうぶんだろう。

マイクを通して語られる黒猫の声は、実は初めて聞くのだが、いつもよりずっと低くて、それこそ〈優美〉な響きだ。

　女子学生の聴講者が多いのも今さらながら納得。

　何となくこちらまで晴れがましい気持ちになる。

「さて、そこで〈目に見えた透明性〉についてもう少し語りたいと思います。たとえば、皆さんは〈透き通るような青〉という表現を使ったことはないでしょうか？　もちろん、実際に透き通っているわけではありません。しかし、その青を見た瞬間、皆さんの頭のなかで一種の〈透化運動〉とでも呼べるものが働いて、〈透き通るような青〉というありえないメタファーが好んで用いられることになります。

　マラルメは『芝居鉛筆書き』というエッセイのなかで、バレリーナのことを〈裸形であり虚構である踊り子〉と表現しました。その〈裸形〉というのは、〈我々の内的な裸形〉であると言っています。これは、さきほど私が〈透化運動〉と呼んだ運動の主体者であり、我々の頭のなかにいる小人です」

　小人、という表現に、場内がざわざわとした空気になる。

　隣を見ると、岩隈准教授がにやにやと笑っていた。

「この小人は、ベルクソンがかつて〈力動図式〉と呼んだものに似ています。ただ、完全に同じではない。

　今日は、みなさんと共に、小人の正体を探っていきたいと思います。そして、本講演を私の国内での当面、最後の講義とさせていただきますことを、お許しください」

いっせいにどよめく。

国内での当面、最後の講義……。

それは一体──。

「君、もしかして知らされていなかったのか？」

岩隈准教授が、こちらの過剰反応に驚いたように尋ねた。

「はい、何も」

「彼も人が悪い……」

岩隈准教授の目に一瞬だが憐れみの表情が浮かぶのを見逃さなかった。

壇上の黒猫が口を開いた。

「このたび、正式にパリのポイエーシス大学の客員教授就任が決定いたしました。来月にはパリへ出発する予定です」

「嘘……」

周りのざわめきが、何も聞こえなくなった。

黒猫が、まっすぐこちらを見ている──ように見えた。

「本講演において、皆さんと共に小人の正体を追い求めることができるのをたいへん幸運に思います。なぜなら、この美的探究は今後の私のライフワークの根幹を担う重要なイデーとなるからです」

黒猫のゆっくりとした、丁寧な語り口が、聴講者たちをひきつける。カメラマンさえもシャッターを切るのすら忘れて、聞き入り始めている。

でも、一人、講演に集中できずにいる者がいる。

ここに。

どうして、何も言ってくれなかったんだろう？

2

「あのさ、そろそろその鞠のようなふくれっ面、何とかならない？」

「なんともなりませんね、生まれつきなので」

D坂の奥まったところにあるカフェ〈ル・ピエ〉。

フランス語で「足」を意味するその店は、外観も足のくるぶしから下を横に見たような形状をしているという凝りよう。東京は店の移り変わりが早い。いつの間にか見知った店が消えたり、かと思うとこんな風変わりな店ができていたりして驚かされる。

このカフェに入ろうと言い出したのは、例によって黒猫だ。

　黒猫は散歩するかカフェやバーに入るかしないと美学的思考ができないらしく、つねにいろんなお店に出入りしている。いいご身分だ。その代わり、論文を書くとなったら一歩も外へ出ずに缶詰で書き上げてしまうのだという。

「キューバ珈琲よりべっこう飴でも舐めてたほうが似合うよ」

「放っといて」

　誰がべっこう飴が似合うって？　と内心で舌を出しつつ、キューバ珈琲を啜る。軽やかな酸味が舌先をくすぐって心地よい。いや、ちょっと物足りないか。

「ほら、これ、すごいよね」

　黒猫はそう言って自分の苺パフェを示す。

　黒猫の首までが隠れてしまうほど巨大な苺パフェ。

「僕のお墓にできそうなくらいだ」

　思わず噴き出してしまった。

「はい、君の負け。ふくれっ面終了」

　ああもう。

　せっかく怒りを維持していたのに。

「パリ、行くんだね」

「ああ、行くよ」

「なんで言ってくれなかったの？」

「今日言ったよ」

「一昨日も昨日も会ってるんですけどー。なんで付き人までやってる私が、ほかの聴講者と同時にパリ行きを知らされるわけ？」

黒猫はふむ、と言いながらスプーンを巨大なパフェの頂に差し込み、クリームの柔らかな部分をふわりと掬いあげる。

「はい、最初の一口」

差し出されるまま口を開ける。

甘すぎない品のいい味が口内に広がる。

「誤魔化されませんから」

我ながら説得力がない。

「言おうとは思ってたんだ。ただ、正式に決まったのは今日の午前中だった。君には会えなかったから言いたくても言えなかっただけだよ。悪いのは君」

そう言われては反論できない。

「ケータイだってあるのに……」

「ケータイで大事な話をする習慣がないものでね」

黒猫は言いながらパフェを口に運ぶ。

彼はいつも苺パフェを頼む。

「君がそんなにショックを受けるとは思わなかったな」

「べつにショックは受けてません！」

「あ、そう。ならいいんだけど」

ああ、もう……。

「だ、だいたい、来年の講義カリキュラムだって決まってるでしょうに、こんな時期に突然パリ行きなんて……」

「もちろん、事前に唐草教授には相談しておいたよ。でも、教授は君も知ってのとおり研究者としてプラスかどうかで判断するからね、快諾してくれたんだ」

むう。

唐草教授の快諾なんて強力な切り札を出されては何も言えなくなってしまう。黒猫はむくれているこちらには気づくこともなく、さっさと話題を変えた。

「ところで、昨日話してた『リジイア』と『ベレニス』の比較解体実験はやってみた？」

「やってる最中」

「作業が進んでないわけ？」

「いや、そうじゃないけど……」

「そうだろう。君の知力・体力ならある程度は把握してるよ。それほど高いハードルを課したつもりはない。丸一日あれば、君ならクリアできると踏んでたんだ。ところが――まだ解けていないらしい。

　精神が安定していないのかな。なぜだろう？　いろいろ理由がありそうだ。でも、それだけじゃない。通常の悩みなら、君はむしろそれを考えないように蓋をして、研究に埋没するタイプだ。特に、目の前に明確な課題を与えられた場合にはね」

　鋭い。だてに付き合いが長いわけではない。

　この一ヶ月は、明確な目前の課題がないせいでだらけてしまったが、論文があればプライベートな悩みは横に置いて蓋をしておける。もともとそういう性分ではある。

　ときどき、黒猫はこちらの心中などすべてお見通しなのでは、と疑いたくなるときがある。もしそうなら恥ずかしいことこの上ない。

「つまり、いまの君の思考には、日常のあれやこれやの悩みのほかに、大きな関心ごとがあるわけだ。たとえば、君の大好物の、奇妙で不可解な出来事について考えているとかね」

　はい、見破られた。なけなしの自信が綿菓子のように溶けて消える。こうなれば開き直るまでよと、できるだけ平静を装って答えた。

「髪留めの歯を折る理由って、どんなことが考えられるのかなって思って」

　黒猫は目を閉じる。

いつもなら、目を光らせ、それこそ猫のように謎の解体に身を乗り出す。だが、今日はそうではない。苺パフェを慈しむように口に運ぶ。それから、テーブルでビー玉でも転がすように、ゆっくりと論を転がし始める。

「知ってた？　日本語では〈櫛の歯〉って言うけど、英語の〈tooth〉にも櫛の歯という意味があるんだ」

「へえ、そうなの？」

「〈tooth〉だけじゃない。ラテン語を源とする〈dent〉にも同様の意味がある。面白いのはラテン語の〈dent〉が、現在の英語では〈窪む〉とか〈へこませる〉という意味の動詞として用いられることだ。これらの意味は、明らかに歯と接触する物質の運動を表している。つまり、歯の隣接物の表現へと進化したわけだ」

「あの、私が聞きたいのは……」

「髪留めの歯が折られた理由だろ？」

「そう」

「煙に巻こうってわけじゃないよ。いくらでも受け取りようはあると言いたいだけさ。たとえば、〈へこませる〉という運動が歯の機能に隣接しているのと同様に、〈髪を束ねる〉という動作も、髪留めの歯に隣接している。留めるのは髪。それも、女性の髪だ。その歯を折ったら、髪はだらしなく乱れるだろう。それは、髪をまとめあげることで成立していたであろう美を奪う、または美を殺す行為でもある。

だが、もしもその女性が何らかの枷を負って生きており、髪留めがその女性の枷を象徴的に表しているのであれば、その歯を折るという行為は、彼女を解放する、という意味を持つだろう」

「……なるほど」

黒猫らしい、という言い方で括るのも乱暴なのだろうが、それでもこういう解釈の仕方を次から次に思いつくところが、黒猫の黒猫たる所以なのだろう。

黒猫は続ける。

「あるいは――また、別の次元へシフトしたか」

「別の次元？」

「たとえば、実際の歯のメタファーとして用いた場合」

「メタファーってことは、歯にたとえるってこと？」

「そうだね。ある民族では、つい最近まで抜歯の風習があったが、そういう通過儀礼になぞらえて髪留めの歯を折った可能性も考えられる」

「犯人は文化人類学者ね」

「でも、そうじゃないんだろ？」

「うん……まあ」

「どうやら僕には言いにくいらしい。君は問題の答えだけ見てしまう子どもか？」

「そ、そんなつもりは――」

ありましたね、はい。功を焦って恥をかいた。

「まあ、君がせっかく謎の一端を話してくれたんだ。解答は、もっと情報をくれないと教えられないが、昨日の課題、『ベレニス』と『リジイア』の比較解体のカンニングは、させてあげるよ」

「わーいパチパチ」

「なんだ、その生気のない目は」

「だって、いま全然そんな気分じゃないもん」

「教授たるもの学生の気分を尊重してたら、いつになってもレポート評定ができないんでね」

黒猫の評価のつけ方は特殊だ。出席の有無は一切問わない。レポートの課題も、授業で扱った内容について聞かれるのではない。

ただ一言、「○○について論じよ」とある。その○○は、毎回学生にとっては初めて聞くお題で、そのお題に対して、講義で伝授されたメソッドをいかに活用して論じられるかが問われているのだという。

黒猫は学生たちにこう言う。

――課題のなかで自由に僕の講義を発展させて構わない。もちろん、僕のメソッドに依拠しないものでも、シャープな内容でさえあれば、高く評価する。

黒猫が学生に課すハードルは限りなく高い。だが、それをクリアできたものは、研究者としての及第点を与えられたに等しいと言われる。去年教授に就任したばかりなのに、すでに黒猫のゼミ出身の学生が三人、修士課程の内定をもらっている。この事実は、黒猫が研究者としてばかりでなく、指導者としても優れていることを証明している。

「ではこれより、君の気分を一切無視して、個人的な最終講義を始めよう」

個人的な――。

その言い回しの裏側に隠された意味を探る。

真相など存在しないかも知れない。

それでも、今日を最後にすぐ旅立ってしまうみたいに、黒猫の目を見て頷いた。

久しぶりに、彼の目をしっかりと見た気がした。

さっきの講演で見た時とは違う、いつものシニカルな視線がそこにあった。

脳裏には、おさらいのように講演内容が過《よ》ぎっていた。

3

ショッキングな渡仏報告にわいた会場が落ち着きを取り戻すと、黒猫は講義を再開した。

「かつて、ユングは普遍的無意識と呼べるものが、我々人類のなかに共通して存在する、と言いました。カントが発見し、ベルクソンが発展させた〈図式〉は、心理学で言うところの〈普遍的無意識〉のなかに存在していたことでしょう」

図式——その単語は、黒猫の論法を表す際に用いられる。ある事象を目にしたとき、それが何であるか、が集約された原点のことである。その図式を丁寧に手繰《たぐ》り寄せれば、事象を読み解くことも可能となる。

それゆえ、黒猫の推理法は消去法ではない。もっと言えば、真相は黒猫が指摘したもの以外である可能性さえ残されている。だが、彼は通常の地固めのプロセスを飛び越えて光のように一直線に真理を貫くのだ。

ある教授が彼の論考についてこう言ったことがある。

——君の論考は不思議だ。まるで、最初から正解だけが見えているようじゃないか。だから無駄な考証には一切ページを割かない。これはね、天才しかやってはいけない手法だよ。そこで僕は君に尋ねるんだが、君は天才なのかね？

学部時代の卒論発表のあとのことだったと思う。

そう尋ねたのは、いま講堂の西側の壁に一人寄りかかって黒猫の講義を眺めている唐草教授その人だった。彼こそが「黒猫」の命名者であり、彼の才能を見出してパリ留学へと送り出したゼミの指導教授なのである。

あのとき、黒猫はなんと答えたか？

小意地の悪い笑みを湛え、静かにこう言ったのだ。

——天才によって書かれた書物以外に、読むべき書物などありません。だから、誰もが天才として文字を書くべきなのです。

唐草教授は、その回答に満足そうに笑った。

いま、かつての教え子の講演を見守る唐草教授の顔には、あのときと同じ笑みが浮かんでいる。三年前、黒猫をパリへ飛び立たせた恩師は、再び黒猫を自由な空へと解き放とうとしている。

先生、それでいいのですか？

黒猫は——どこまで大きくなればいいのでしょうか？

怖い。どんどん距離が離れていく。もちろん、研究者としてのレベルは、とうに手の届かないところにある。それでもいつかは何らかのポストに就き、ライバルにはなれなくとも同じ世界にいたい、という気持ちはあった。

だが、黒猫が見ているのは、もっと深くて、もっと大きな世界。

限られた天才以外、誰にも入ることが許されないような知の海。

自分がとなりにいるなんて、馬鹿げた妄想だ。

彼は手の届かない遠い場所にいる。それは彼がパリへ行くとか行かないとかではなくて、昔からずっとそうだったのだ。

講演は、図式の話に移る。

「〈図式〉——カントにとってそれは、精神の中に存在する先験的《ア・プリオリ》な定型イメージのようなものでしたが、ベルクソンはそれを真に創造的に機能する力動的《ディナミック》なものだと定義しました。力動的《ディナミック》と彼がいうのは、その図式からさまざまなイメージへと発展しうる可動性を示しています。芸術家においては作品の発想のようなものと言えるでしょう。その発想を絵画に結実させるか、音楽に結実させるかは、その人間が手にした能力によって決定づけられると言えるわけです。

私は以前、この万人共通の〈図式〉の可視化こそが、マラルメの〈来たるべき書物〉の目論見《もくろみ》ではなかったか、という仮説を立て、それを立証する論文『ベルクソンの図式から見たマラルメ』を発表しました。しかし、この論文は、私がイメージする〈図式〉ともマラルメ論とも、どちらとしても道半ばなものです。

ベルクソンの示した力動図式は、さまざまなイメージへと力動する見取り図のようなものでした。私も、図式がこのような性質のものであることに同意します。でも、それだけでは図式の性質を語りつくしたとは言いがたいのです」

会場に再び緊張が走る。

ベルクソンと言えば、現代の学者でもなかなか切りづらい論客である。そのベルクソンを摑まえて、そこに補足をしようという。この大胆不敵な黒いスーツの青年がたどり着く先を、誰もが息を殺して見守っているのがわかる。

それはまるで、一つの劇場だった。

「マラルメがバレエを見て発見したこと。それは、図式の概念において非常に有効なものだったのです。すなわち、図式は私が先ほど小人にたとえたとおり、動き回るのです。ベルクソンが言ったようにさまざまなイメージへ向けて動き出すのではなく、つねに動いている、それも無目的に、です。芸術家は、この小人に首輪をはめることはできません。ですから、うなぎを摑む職人のように一瞬を捉えなければならないでしょう。

さきほどの〈透化運動〉とも関わってくる話ですが、要するにこの小人とは、〈裸形であり虚構である踊り子〉そのものです。バレエの動きや、音楽のうねり、絵画のラインを鑑賞するとき、小人は鏡を見ているような感覚に襲われます。それは、図式自体が踊り子であり、つねに遊び、動き回っている存在であることを意味しています。

たとえば、鑑賞のさなかに脳に浮かぶ出来事は人それぞれであるばかりか、時や場所が異なるだけで風味が変わってしまいます。まったく同じ絵を見てもあるときには感動し、あるときには無感動である、ということもあるでしょう。

それもそのはず、図式がつねに同じ場所にいないからです。これを私は〈遊動図式〉と名づけます。この概念はベルクソンの概念に比べ、遥かに女性的といえるでしょう」

隣の岩隈准教授を見上げる。

その表情が、少年のように嬉しげに輝いているのがわかる。知的好奇心の前ではライバル心などなくなるものなのだろう。

いつもの小意地の悪い笑みの代わりに、きりりとした顔に優雅な笑みや身振りを加えて語る黒猫は、壇上の魔術師だった。

ダメだ。やっぱり、遠い。

「我々が、〈美〉よりも〈優美〉を高次の概念と捉える理由は、実はここにあるのです。つまり、〈遊動図式〉こそが、我々人間を人間たらしめている。我々は、この〈裸形の踊り子〉である頭のなかの小人を探し求め、さまざまな物質のなかに〈目に見えた透明性〉を見るのです。ある芸術家はガラスアートに傾倒するかもしれません。しかし、透明な素材を前にしてなお、〈裸形の踊り子〉は簡単には姿を現しません。ガラスという繊細な素材でさえ、裸形であるにはじゅうぶんではないのです」

「個人的な最終講義に入る前に、さっきの講演、意味わかった?」

「うん、たぶん。ガラスアートとかバレエとか、最近の私には近しい話題だったし、助かったよ」

「あ、そう。それは何より。じゃ、さっそく〈遊動図式〉を使って話を進めていくよ」

ゆっくりと頷く。

黒猫の話の流れは一見スムーズなのだが、一瞬気を抜くだけでわからなくなってしまうことがある。心して聞かなくては。

「まず『リジイア』の解体だ。ポオのなかにある美女再生譚のひとつ。物語の舞台はライン川の畔。語り手は、リジイアという才色兼備の〈心の妻〉を失い悲嘆に暮れている。リジイアについては、鴉のごとき黒髪と黒く大きな瞳をもち、古典語に精通した学識高い女性とされ、彼女の輪郭を描くために最初の数ページが費やされているね。彼女の容貌で、君はどこに着目した?」

「黒髪かな。『闇夜の大鴉の羽根』っていう記述も出てくるし、虚無の象徴でしょう?」

「そこまで行けたのは流石だね。でも瞳はどう?」

「ああ、でも、それも同じ黒だから……」

「同じ意味? 二つも必要だろうか?」

「それは……」

　黒猫は意地悪く笑う。

「それと、リジイアの姓を知らないってところも、面白いよね。通常の結婚では考えられないことだろう。リジイアとの結婚は現実離れしていて幻想めいている。結果として、未婚のまま死んだジゼルみたいに神聖視されている」

「あっ」

　テクストが重なる。

　話を聞いていると、たびたび、こういう体験に遭遇する。あるテクストがべつのテクストのイメージに重なり、思いがけない顔を見せ始めるのだ。

　その奥に、現実の影さえ見え隠れする。

　たとえば、塔馬と婚約しながら死を迎えた花折愛美。

「リジイアの容貌の話に戻ろう。大理石のような手、黒曜石の色の睫毛、さっき言った黒い瞳、そして――きらめく歯」

「歯？」

　そんな描写があっただろうか？

「そう、歯について、リジイアが微笑むときに上からくる光を『一すじものこさずに照り映えさせる』と書いてある」

見落としていた。リジイアの描写が執拗に長いので、すべてを細かく見るうちにどうしても自分の関心がない部分は切り捨てていた。

「まあ、そうした容貌の総体を、ポオは『波ひとつ立たぬ水面のような』と表現する。この表現から浮かぶのは？」

「水、透明――」

「そうだね。リジイアの容貌に対するイメージは、語り手の頭のなかで〈透化運動〉が起こっているとしか思えない。でも、ただの〈透明〉ではない」

「ただの〈透明〉じゃない？」

「〈目に見えた透明性〉の背後には深い闇が立ち込めているんだ。そのために反射性質が備わる。たとえば、そうだな、黒曜石にせよ大理石にせよ、彼女の目の形容に用いられる羚羊《かもしか》の瞳にせよ、そこには鏡の性質が表れている。光と闇を映し出し、そこに佇む己自身を見せる鏡。水面に波風が立たないというのも、鏡のような反射の性質、と取ることができる」

「なるほど――」

「リジイアという女性は、〈闇に佇む透明な結晶体〉として描かれている。そして、その存在を少しも動かすことなく、容貌の形状をなぞることによって〈優美〉を示す。たとえば、彼女の鼻の形状は『ヘブライの優雅な銘牌のほかのどこにも』類を見ないと形容される。リジイアのラインをなぞるポオの筆は、踊るように滑らかで絵画的だ。語り手はそのリジイアに誘われるがままに形而上的な学問の世界へ耽溺していく。まるで、鏡の内部へと入り込むように」

鏡の内部へ入り込む――。

そのイメージに、背筋に薄ら寒いものを感じる。

「知性は、リジイアの最大の特徴だ。これは、リジイアが〈優美〉の象徴であることと関係があるだろう。人間だけが誇りうる美を超えた表現しがたい何か。それは、知性と不可分だ。すなわち、婚約して知の世界へ入り込むことは、彼女の皮膚の下へと入り込むことでもある」

「皮膚の下……」

「そのままリジイアは死を迎える。つまり、リジイアが死んだ瞬間、語り手はリジイアの内部にいることになる。その後、語り手は彼女の遺産をもとにイングランドの僧院を改修するんだけど、ここで着目しなければならないのは、彼が内装の改修にこだわっている点だ。これはなぜだろう？」

「つまり――語り手はまだリジイアの内部にいるから？」

「そのとおり。だが、内装の改修はリジイアの神々しさや美しさを復活させる試みではない。そうではなく、リジイアの優美なる意志を体現するための準備だ」

「リジイアの、優美なる意志」

「リジイアという一個人を超えた人間存在の宿命のようなものさ。彼はその輝ける皮膚の内部に、金髪碧眼の美女、ロウィーナを妻として迎え入れる。ただし、ロウィーナは結婚はしていても、彼を愛してはいない。やがて、結婚後二ヶ月目にしてロウィーナも病床に臥し、どこからともなく滴る真紅の雫の注がれた葡萄酒を飲んだがために、息を引き取ってしまう。さてと。そもそもグラスに滴る赤い雫――血はどこからくるのか？　これも、これまでの流れから考えるならば当然――」

「リジイアね」

「そうだね。何しろ彼らがいるのはリジイアの内部なんだから」

絵が――動き出した。

これまでいくらテクストを引っ掻き回しても見えてこなかった様相が突如出現する。素早い手捌きでテクストの内臓が抉り出される。そのグロテスクな美しさには、たぶん百年かかっても自分ひとりではたどり着けなかったのだと思うと、悔しいのを通り越してただ賞賛するしかない。

「このロウィーナなる女性、そもそも現実感がなく存在感すらない。描写にしてもリジイアの半分にも満たないほどだ。彼女は現実の存在か、虚構の存在か？　この点は意見が分かれるところだろうし、それを議論することに意味はない。なぜなら、ロウィーナはまだ何者でもないから」

「何者でも——ない？」

「妻ではあるが、それだけだ。語り手が深く愛しているのでもなければ、彼女自身が語り手に感情のベクトルを向けているわけでもない。言ってみれば、彼女はまだ魂の入っていないフィギュアみたいなものだ」

「なるほど……」

「忘れてならないのは、今行なっているテクスト解体は〈運命の女《ファム・ファタル》〉を主眼に置いているということだよ」

ああ、そうだった。

流れるような論調に聞き惚れていると、本題をうっかり忘れがちになってしまう。

「〈運命の女〉はリジイア。ロウィーナはその内部に作られたフィギュアだ。このフィギュアはリジイアという唯一絶対の存在の欠落を埋める慰みものだ。金髪碧眼という見た目は、リジイアではない、ということを表徴している。だが、〈リジイアではない存在〉というだけでは、きわめて存在が希薄だ。それはリジイアの死後の語り手の空疎さにも直結している。けれど、リジイアの血が滴り、フィギュアの内部に入ることで異変が起こる」

いよいよ、あの衝撃的で美しすぎるラストへ向かうのだ。

「と、ここまでが『リジイア』に関する解体のカンニング」

「えー！　最後までやってよ！」

このままで終わられたのでは、学問的探究心が悶死する。

「これは君の研究だろ？　あとは君が自分の研究に必要な内臓部位を取り出して遊べばいいし、結論ならじゅうぶん類推できるだろう」

類推できなくはない。

あの衝撃のラストが必然であることは、今までの説明で理解できるのだが——。

「一つだけ。黒猫はあのラスト、テクストどおりリジイアの復活というふうに捉えてるの？」

我ながら意地悪な聞き方だ。

黒猫ならそうではないはず、と知っていてあえての質問。でも、仕方ない。こういう聞き方をしないと喋ってくれない黒猫が悪いのだから。

「たしかに、『リジイア』はポオの美女再生譚の代表格のように言われる。テクストの表層を追えば、その呼び方は間違いではない。でもね、〈再生〉されたのはリジイアじゃないんだよ」

「え？」

「〈再生〉されたのは、人間の優美なる意志。それは語り手がリジイアの内部から奪還したものだ。テクストは幕を閉じるが、もはや語り手はリジイアの内部たる僧院にいる必要はないだろう。優美なる意志を携えてどこまでも生き続ければいい。その意味で『リジイア』は美女再生譚ではなく、語り手の生と死と再生の物語なんだよ」

グロテスクな美に彩られたホラー趣味の物語、と捉えていた「リジイア」が、豊かな色彩にきらめき始める。

「だから、生身の〈運命の女〉が復活するわけではないんだ」

復活――。

黒猫は、あえてその言葉を選び、こちらを見てニヤリと笑う。

「さて、では双頭の胴体に言及するのは置いておくとして、もう片方の頭、『ベレニス』の解体に移ろう――と、その前に、君の話でも聞こうか」

「私の話？」

「今、復活という言葉を聞いた瞬間、君の表情が変化したのを僕が見逃したとでも？」

ぎくり。

「君のことだからどうせ勝手にあれやこれや嗅ぎ回ったんだろう？　さっきの髪留めの歯の問題も、そこに関わってくる。そうだろ？」

泳がされていたわけだ。

すっかりこちらの行動は読まれていたのだ。

「それで、君は一昨日の一件にどういう解釈を試みたのかな？」

そう言って、黒猫は苺パフェに銀色のスプーンを差し込み、生クリームと苺を掬いとって、するりと自分の口に収める。

黒猫の唇。

そこから目を逸らすようにして、キューバ珈琲の入った小さなカップをゆっくり持ち上げる。

「さっき塔馬から今夜のチケットが届いたんだ」

カタン……。

力なくカップをソーサーに当ててしまった。

動揺。

なんで？　何も動揺することなんか……。

何も――。

「塔馬が手紙に書いてたよ」

「……何を？」

見ることができない。

ダメだ。

「探偵さんによろしくって」

「……え？」

「君が一昨日のアクシデントに興味を持ってたって書いてあった」

「うん……そうなんだ、アハハ」

「何がアハハだ」

黒猫の目は――射るような強い光を放っていた。

「まあいい。まずは、二日間の探偵ごっこの全貌と推理を聞こう。お説教はそのあとだ」

「お説教」という言葉がずしりと重く感じるのは、小学校以来だった。

覚悟を決め、この二日の出来事を語り始める。

5

落ちかけるシーツのように、苺パフェのアイスクリームが少しずつ溶けて流れ始める。

黒猫は目を閉じている。その睫毛は蝶の触角さながらに微かな風の動きをも捉えるかに見える。

「なるほど」

調査のプロセスを聞いたあと、彼は静かに尋ねる。

「それで、君はその探偵ごっこからどんな結論を導き出したんだ?」

「さっきも尋ねたけど、髪留めの歯の謎についてはわからないの」

「いいよ、わかる部分だけ教えてくれれば」

目は、閉じたままだ。

「パフェ……溶けちゃうよ？」

「溶けないパフェなんかないよ」

そういうことじゃないんだけど……。

ちっとも和まない。なんとも気まずい。

「私は、五年前の事件が今回のハプニングにつながっていると思うの」

「ほう。どのように？」

「たとえば、五年前の事件の復讐とか」

「復讐？ 何の？」

黒猫は顔を上げるでもなく、目を強く閉じたまま、下唇を左手の親指でとんとんと叩き始めた。目を閉じているのは、拒絶の記号。だが、唇を指で叩くのは思考が鋭利になっていることを示している。

どうやら、黒猫の好奇心にひっそりと火を灯すことはできたようだ。問題はここからだ。

「もちろん、花折愛美の死への復讐」

「――ってことは、五年前の事件は、殺人だと君は考えているわけだ」

「うん」

頷いてから、ハッとする。

こんな話を黒猫の前でするのは、不謹慎なのではないか。だって、黒猫は——。

「面白いね」

面白い？　自分の元恋人の事件を嗅ぎ回られ、殺人だなんて推理されて面白がれるものだろうか？

「それで、根拠はあるのかな？」

「実は、塔馬さんが五年前に控え室で拾ったというメモを見せてくれたんだ。そこには、花折愛美がジゼルを演じるなんて許せない、殺したいっていう殺人の意思が記されていたの」

「それが根拠？」

「誰かが愛美さんを殺したかったっていう明白な証拠でしょ？」

「ふむ……。まあいいや」黒猫は目蓋の裏側からこちらの推理をためつすがめつ眺めているようだ。「メモの文面を正確に教えてくれないか」

「えっと、確か……〈殺したい　ジゼルをやれるのは私しかいない〉だったかな」

「なるほど。でも殺したいというだけで殺すかな？」

「それだけでは殺さないと思う。だけど、彼女にはほかにも動機がある」

「彼女？　つまり、犯人は女なわけだ、君のなかでは」

うっかりした。最後まで引っ張っておこうと思ったのに。

もうこうなれば、先に言ってしまったほうが論が進めやすいだろう。

「うん。今回のハプニングと五年前の事件は対になっていると思うの」

「対に？」

「五年前の犯人は、川上幾美。今回の仕掛け人は塔馬陽孔」

黒猫は、そっと目を見開いた。

その目は——好奇心とも違って、優しい。

「対になっている、という発想はいいね。とてもいい」

「……ありがとう」

「その点は、僕も素直に賛同したいね」

思わぬところに賛同者が登場。

まさか黒猫と意見が合致するとは。こうなると、自分の推理に俄然自信が湧いてくる。

「では対の配列を聞きたいね。まず、五年前から」

それなりに調べたつもりだが、こんな聞かれ方は学会で発表させられているみたいでいやだな。

「五年前より少し遡《さかのぼ》って話を始めないといけないの」

「少し遡って？」

「そう。一人のバレリーナが、外国人のバレエ・マスターに恋をし、結婚して身籠ったというところから」

「なるほど……」

黒猫は眉間に皺を寄せて、再び目をつぶった。

「彼女の名は花折ナオミ。男の名は、アナトーリー・ダニエリ。でも、二人はほどなく別れてしまう。原因はわからないけれど、ダニエリが一方的に振ったと言われているの。そして、彼女はそのことを恨み続けていた。ここにもう一人の思いがけない女性の存在が加わる」

「マーガレット・グリン、だろ？」

「どうして……」

「五年前、彼女は一部のマスコミに犯人扱いされたことがあった。そのなかには、彼女がダニエリに捨てられ、復讐したのではと憶測するものもあったからね」

「でも、そうじゃないの。ベクトルが間違ってるんだよね、うん」

「ベクトル？」

「グリン女史は同性愛者なの」

「ほう……まさかグリン女史を直接問い質したわけじゃないよね？」

「ミナモから聞いたの」

　ミナモを頼った部分は省略しておいたのに、結局しゃべってしまった。

「使えるコネは使おうってわけか。君のバイタリティには恐れ入る」

　褒められたのかけなされたのかわからないが、とにかくこれででためを言ってるわけでないことは理解してもらえただろう。

「グリン女史は五年前、いえ、そのずっと前からナオミさんを愛していたんだと思う。つまり彼女が剣を本物に交換するわけない。彼女には愛美さんを殺す動機はないもの」

「たしかにそうだね」

　頷きながら、黒猫は溶けかけたパフェをたっぷりと口に入れた。

「同様の理由から、ナオミさんも除外される」

「要するに――川上幾美だと言いたいんだね？」

「うん」

「根拠は？」

「幾美さんは愛美さんと異父姉妹。姉には母親を捨てた男の血が入っている。それだけじゃなくて、あろうことか、愛美さんはダニエリと個人的にコンタクトを取るようになっていた。せっかく消えかけた母親の傷口を、姉が開こうとしているように映ったのかも知れない。五年前の事件では、剣の交換は関係者なら誰でもできた。メモが幾美さんのものなら、ジゼル役を愛美さんが演じること自体許せなかった彼女にとって、当然の殺害方法だったと考えられない？」

「つまり、母親の仇を幾美がとった、と」

「うん。ナオミさんは、そのことがわかっていたから心を病んでしまった。グリン女史はそんなナオミさんのために、あえてことを荒立てまいと、自分が疑われても否定せずに表舞台から姿を消した。自分の採用した演出が愛美さんを死に至らしめたことは、結果的に事実だし、どこかに罪悪感があってもおかしくはない。あるいは——彼女は見ていたのかも」

「何を？」

「幾美さんが剣を交換するところを」

「ナオミさんへの愛のためにそれを見て見ぬふりをした、と」

「もしかしたら、ナオミさんが一枚かんで、裏で糸を引いていると思い込んでいたのかも」

「それじゃあ、今回の一件とは、どんなふうに対になっているんだ？」

「今回のは、塔馬さんがすべて企んだことだったの。五年前の事件が幾美さんによる犯行だということを、落ちていたメモから塔馬さんは察した。それで、五年間待った」

「なぜ五年？」

「幾美さんがジゼル役を演じられるようになるまで。愛美さんはジゼル役を演じている最中に殺された。だから同じ演目の同じシーンで復讐しようと考えた」

「復讐をね」

何だろうか、この言い方。

「何か変?」

「いやいや。復讐が対になってるわけか、と思って感心したんだ」

黒猫は言いながらパフェの最後のクリームをスプーンで掬い、口に運ぶ。微かに白い髭ができている。

黒猫は、その白髭が本物であるかのように指でなぞってみせ、わざとしわがれた声で言う。

「して、その復讐は果たせたのかな?」

脱力して笑ってしまった。せっかく真面目に話していたのに、緊張感が台無しではないか。でも負けない。気を取り直して、真顔を作り直す。

「たぶん、成功したの」

「それは意外だね。復讐なら殺さないと成功とは言えないんじゃないの?」

言いながら黒猫は白髭をウェットティッシュで拭い取る。

「そこなの」よくぞ聞いてくれました、とばかりに指を立てる。「芸術家って独特の行動原理で動くものでしょう？　復讐も通常の人間が考えるものとは違ったんじゃないかな」

「通常の人間とは違う復讐？」

「アルブレヒト役の男性が倒れたとき、塔馬さんが『復活した』って呟いたでしょ？」

「ああ、聞いてたよ」

「あの言葉をずっと考えていたんだけど、死んでいる現状があってこその『復活』と捉えるなら、その主語は愛美さんだと思ったの」

「ほう……死者の復活だったわけか」

「そして愛美さんを復活させるには、幾美さんの公演を失敗させる必要があったんじゃないかな。つまり、アルブレヒト役の男性を倒れさせて、あの舞台を台無しにすることで、ジゼルを演じられるのはお前じゃない、愛美だけだ、というメッセージを伝えようとした」

「人が殺されてるにしては、ささやかな復讐だね」

「彼は幾美さんと結婚する人間だもの。たぶん愛情と憎悪が複雑に絡んでいるんじゃないかな。だから、〈お前は愛美を超えられない〉というメッセージを伝えながらも、手放す気はない」

「身勝手な愛だ」

「でもそれが愛でしょ？」

日も暮れぬうちから何をこんな面と向かい合って愛を語っているのやら。急に気恥ずかしさがこみ上げてくる。

「まあ、そんな愛があるのも否定はしないよ。しかし、二世代にまたがる愛憎入り乱れる壮大なドラマのしめくくりにしては、あっさりしていると思ってね」

「愛美さんを超えられないというメッセージだけなら、そうかも知れない。でも、それを愛美さんが死んだのと同じシーンで伝えることにはすごく意味があると思うの。〈俺はお前がやったことを知っている〉っていうメッセージにもなっているわけだから」

「もうすぐ結婚する相手に対して挑戦的なメッセージを送るね」

「うーん、もしかしたら婚約も破棄する気かも。未来のことはわからないけど」

キューバ珈琲を飲み干してしまう。しゃべり過ぎたせいか喉がからからに渇いていた。

「ちなみに、あのアルブレヒト役の男性はなぜ倒れたんだろう？」

「それもずっと考えてたんだけど、たぶん消えた髪留めの歯と関係があると思う」

「まあ、妥当な考えだね。では髪留めの歯を一体どうしたと？」

「実は最初、髪留めじゃなくて鬘を疑ってたんだ。塔馬さんのアトリエでした刺激臭のことを思い出して、二つを結びつけてみたの。たとえば、ガラスアートの制作中に有毒の刺激臭が発生するんだけど、鬘をアトリエに置いておいて、それを染み込ませたとは考えられないかなって」

「有毒の刺激臭？　具体的には？」

「んん、そこは確認してないんだけど、とにかくちょっとクラっとする程度の毒性のあるもの」

「ふむ……もしそんなものがあるなら、可能性はなくはないね」

「でも、実際に鬘を見せてもらって匂いを嗅いだら、匂いはなかった。それで、そのあとで髪留めの歯が折れてるって聞いて、今度は髪留めの歯の部分にだけ毒物を仕込んだんじゃないかと思ったんだよね」

「犯行を隠すために、歯を折ったってわけ？」

「うん。ところが、それだと、なぜ歯のない髪留めを置き去りにしたのか説明できない。それに、塔馬さんがアトリエのバーナーで歯を焼ききったとすると、ホールまで歯のない髪留めを戻しに行っていることになる。それってわざわざ〈なくなった歯〉に注目を集めてしまって、自分の犯行を露見させるようなものでしょ？」

「まあ、そうだね。髪留めに毒物を仕込んだのなら」

「だから、毒物の線はなし。もっと先入観を抜きにして、アルブレヒト役の男性が倒れた事実と髪留めの歯の喪失について考えなければダメだと思うの」

「そこに至ったのは立派だね。自分の思い込みを状況から判断して棄却する。研究に必要な冷静さが君のなかに芽生えてきた証拠だ」

黒猫は褒めるときは真摯な態度で褒めてくれる。思わず照れで頬が緩みそうになるのを引き締めて続ける。

「もっと純粋にアルブレヒトの転倒の瞬間だけを再考すると、あの時、彼はまるで顔を叩かれでもしたかのように後ろにのけ反った。問題は——何によってそうなったのか」

パチパチパチ。スローテンポの拍手が起こる。

「命題がクリアになったね。何がアルブレヒトを転倒せしめたか。それで、答えは出てる？」

「いいえ、まだ。でも、少し見方を変えれば見えてくると思う」

黒猫が静かにうなずく。

「答えを自分で探そうとする自主性は、研究者の生命線とも言える」

「黒猫はそんなのあって当然って思ってるでしょ？」

「まあね。でも、これが案外当然でもないんだ。独自の道を進んでいると言い張るおじ様方が、互いの意見にお追従を言い合ってるだけの気色悪いダメ学会ってあるからね、ときどき」

学生がおいそれと口出しできない領域に対し、「気色悪い」と言い切ってしまうところに、黒猫のひねくれた精神を垣間見る。内側に入り込んでみないと見えないことがあるのかも知れない。

「〈探偵〉としての君の発見には、ほかにも評価できるところがある。たとえば、五年前の事件と今回の事件が対になっている、という発想はよかったね。それに、今回のハプニングの仕掛け人が塔馬だというのも正しい。ただ、配列とエネルギーの想定は間違っていたけどね」

「配列と、エネルギーの想定？」

「一連の事件を支配するのは、憎悪でも復讐でもないよ」

黒猫は言いながら、パフェのグラスを指でなぞる。

「髪留めの歯をバーナーを使って切断したのなら、そこには芸術上の意味があるはずだ。塔馬はアートの目的以外でバーナーを使ったりはしない。そして、もしそうなら——事件はまだ終わってない。むしろこれからが本番と考えるべきだろう」

「これからが、本番？」

「さてと、僕は君に説教をしなくちゃならない。僕、詮索するなって言わなかったっけ？」

「……言いました」

はい、言われていました。まったく返す言葉もない。

「まあ君の好奇心だ。好きにすればいい。その好奇心が君を成長させているのも確かなようだし。でも、人が忠告するときには、それなりの意味があるってことは、忘れないでくれよ」

怒られるのは仕方がないのだが、こちらにだって言い分がある。

「それならそれで理由をはっきり言ってくれればいいのに」

「はっきり言えれば言ってるよ。言えないから言わなかったんだ。もちろん、君はそのせいで余計に気になってしまったんだろうけど」

「気になったよ……すごく」

気になった。

でも、いちばん気になっていたのは――。

事件のことじゃなかった。

事件は、口実みたいなものだったのだ。

「僕は原典に当たらずに批評だけ読むなんて絶対にしない。それは、研究者として研究対象に不誠実な行為だからだよ。人間も同じだと思わない？　君は僕に直接尋ねればいいことを、先に批評を参考にしてしまった」

だって――。

「あの日、一人で帰らなきゃならなかったから……」

「君は子どもか？　翌日だっていいじゃないか」

そうはいかなかったんだよ、ばか。

なんでわからないんだろう?

あの瞬間に聞けなかったことが、すべてだったんだよ。

もどかしい時間が過ぎる。

「とにかく、僕の予測が正しければ、塔馬の計画はまだ進行中だ。ただ、それがどういう計画なのかはわからない。君は昨日、塔馬のアトリエに行ったね?」

頷く。わかってるなら確認しなくてもいいのに、と思いながら。

「そこで何か変わったことはなかった? 何でもいいんだ」

何か——変わったこと……。

よみがえる。

塔馬の接近。

思わず——目を閉じ、口を手で覆った。

「それじゃない」

え?

「それじゃなくて、その前後」

今、読まれた? 頭のなかを見られた?

「幾美が来たんじゃないか?」

「……来た」

「彼女と、喋った?」

「いいえ、彼女、すぐに出て行ってしまったから……」

「なぜ?」

「勘違いしたみたい……だった」

自分が崩壊していくのがわかる。

知らずに危なげない言葉を選んでいる。省略という嘘があることぐらいわかっている。

どうしてこうなってしまうんだろう?

「手遅れかも知れないな」

黒猫はそう言って立ち上がった。

「ついておいで。君は見届けなければならない」

焦点の合わぬ目で見上げていたら、黒猫に腕を摑まれて立たされた。

「ど、どこに行くの?」

「塔馬のアトリエ」

黒猫に手を引かれ、半ば引きずられるようにして店の出口へ向かう。舌先には、まだキューバ珈琲の酸味が残っている。

こんなに真剣な表情の黒猫を、これまで見たことはない。

何が起こっているんだろう?

自分は知らず知らずのうちに、とんでもないことに巻き込まれているのかも知れない。つながれた黒猫の掌から、ひんやりとした感触が伝わる。この寒いのに苺パフェを食べていたのだ。無理もない。

黒猫は「手遅れかも知れない」と言った。

それはこの事件のこの文脈での話。だが、その言葉が頭のなかで勝手にシフトしてゆく。

自分たちはどうなのか。

まだ、間に合うの？

黒猫の掌は——何も答えてはくれない。

第六章　彼女

1

行き先を告げ、タクシーが動き出す。静かなエンジン音。

窓の外を白い粒子がさらさらと流れている。雪が降り出したのだ。二月にも雪は降る。わかっているのに、いつも雪が降ると驚いてしまう。去年もそう言えば、一人でそんなことを思って夜空を見上げた気がする。

一年前に雪の降った頃は、一通の絵葉書を受け取ってなぜかしら心が温かく、寒さも感じなかった。差出人は黒猫。シャガールの絵葉書だった。

書かれていたのは、たった一言。

――来月、日本に帰る。お楽しみに。

一時帰省という意味なのか何なのかもわからない簡素な絵葉書。

でも、それが嬉しかったのだ。

今、となりには黒猫がいて、やはり雪を見ている。

しかも今度は、一ヶ月後に渡仏——。奇妙なめぐり合わせと言えなくもない。

「それほどの時間はなさそうだけど、着くまでのあいだに『ベレニス』の解体もやってしまうか」

黒猫は、窓の外に目を向けたままそう言った。

「ねえ、黒猫……怒ってる？」

「怒っても仕方ないよ。君は好奇心の弾丸だ。そんなの今に始まったことじゃないし」

「だんがん……」

人間凶器みたいに呼ぶのはやめてほしい。とは思うが、分が悪い現状で口答えは慎む。

「それに、君が関わろうと関わるまいと、起こるべきことは起こるんだろう」

「どういう意味？」

「そのままの意味」

こういうとき、黒猫は不親切だ。猫みたいだな、と思う。決して無愛想にしたいのではないけど、尻尾でも振れたら返事をしないで済ませたい、と思っている感じ。ときどき、黒猫はそういう雰囲気を漂わせる。

「君は『ジゼル』のアルブレヒトを軽い男だと思った。でも、ジゼルを裏切ったのはアルブレヒトじゃない。ジゼルの運命そのものだ」

「ジゼルの運命……そのもの」

「運命には不可避な要素が多分にある。塔馬には塔馬の、幾美には幾美の運命がね」

車が信号で停まる。

時刻は十五時半。曇天の奥に、闇が忍び寄っている。

鋭角に降り注ぐ雪。コートのフードを被った人々が、横断歩道をわたる。それぞれの服の彩りに、白いパウダーが振りかけられる。

「さて、『ベレニス』だ。君に聞こう。これは何をめぐる物語だと思った？」

それについては考えるところがあった。

「歯……歯をめぐる物語、じゃない？」

「ご名答」

たまさかにしては出来すぎている。

髪留めの歯にまつわる事件と並行して読んでいたテクストが〈歯をめぐる物語〉だなんて。

「語り手は、幼い頃の記憶が図書室とその蔵書に結びついている男だ。彼は幻視者の血統にあり、少なくとも自身はその兆候があると感じている。彼がかつて美貌を誇ったベレニスに結婚を申し込み、式の日が近づいたある冬の午後、図書室で彼女の幻影を見る。その幻影が去ってからも、彼女の歯のイメージが頭から離れない」

そして、あの恐怖のラストシーンにつながる。

このテクストを閉じた時、もっとも強烈に心に残ったのも歯のイメージだった。

「私、最後まで読んでいて、歯がポオにとって何を意味するのかがわからなかった」

「『リジイア』にも、歯の描写があったね」

「うん。だけど、どっちも何を象徴するのかは書かれていないでしょ？」

「そう、そういう時は、あえてテクストから意味を読み取ろうとしないほうがいい場合もある」

「だから、もっと単純に考えてみればいいんだって思ったの。それで、歯とは何かっていう基本的なところに立ち返ってみると、歯は噛むためのもの、噛むのは食べるため、食べるのは——生きるため」

黒猫がこちらに指の銃を向ける。

ばきゅーん。

「何だ、到達できてるじゃないか。ただ、少し補足するなら、生きるためにあるのは歯に限った話じゃない。人間のあらゆる器官は生の欲求に直結している。でも、歯はほかとは違う点がある。それは、唯一生きているうちから納骨に至るまで一貫して見えている部分だ、ということだ」

「納骨に至るまで見えている部分……」

「背骨も肋骨も鎖骨も、その上に皮膚があり、通常は目に見えることはない。ところが、唇というヴェールさえ剝ぎ取れば、歯は簡単に覗き見ることができる。歯は生と死を通して目に見えて存在し続ける唯一無二の存在なんだよ」

生と死を通して目に見えて存在し続ける唯一無二の存在——。

「語り手は、ベレニスが美しかった頃には彼女を愛していなかった、と言う。彼はベレニスを生きた肉体と欲望を持った人間存在の抽象体として見ていた。個の存在としてではない。あくまで一つの動くオブジェとして見ている」

動く女神。

奇《く》しくも人々が花折愛美に対して抱いたイメージが、ベレニスの存在と重なってゆく。愛美もまた、美しく存在しながら、プリマであることのプレッシャーに苦しむ一人の人間として舞台上に立ち、そして殺された。

「美しく輝き、やがて運命に裏切られ、儚く散っていく——これってジゼルと同じね」

ジゼルには人間のすべてがある——確かにそうなのだろう。

「滅び行くベレニスの美のなかで、歯だけが美しかった頃と同じように輝き続けている。そして、ベレニスが死してなお存在する。

つまり、歯は人間の体内にあり、ときには魅力の一部として表面に姿を現しながら、終始絶対的他者なんだよ」

「終始、絶対的他者……」

「『ベレニス』というテクストは、優美という概念の裏側を見せてくれる。その意味で『リジイア』と表裏一体とも言えるんだよ」

「優美の裏側？」

「そう。リジイアとベレニスは対照的な存在だ。リジイアは死してなお優美な存在として不変の地位を確保しているのに対し、ベレニスは生きているうちから美が損なわれてゆくし、むしろその肉体的美とは無関係な、個を超えた存在理由によって愛されている」

リジイアとベレニス……。

はじめから、これはべつべつの女性像なのではないか、とは感じていた。だが、あくまで「愛される女」と「愛されない女」として対比して捉えていたのだ。

しかし、黒猫の言うように、どちらも愛された女性を描いたものだとも考えられるのか。

たとえば、花折愛美と川上幾美のように。

ポオにもスキャンダルがあった。そのスキャンダルがヴァージニアを病気にした、とも言われている。

ポオのスキャンダル、ゴーチエの妻とその姉の不思議な関係。

意識はそこからナオミさん、グリン女史、ダニエリの三角関係へと移り、そして、塔馬のことを考えた。たとえば彼にとって愛美がリジイア、幾美がベレニスだとしたら——。

あるいは逆に愛美がベレニスで幾美がリジイアならどうだろう？

「リジイア」と「ベレニス」を一つの物語に重ねてみよう。

「リジイア」におけるロウィーナは、具象として愛されていないという点ではベレニスと同じだ。しかも、ロウィーナもベレニスも、オブジェのように象徴的に存在している。

二つのテクストを愛美と幾美の存在に重ね合わせると、不思議とどちらにも見えてくる。光の加減によって愛美はベレニスにもリジイアにも見えるし、幾美もまた同じだ。

どっちなんだろう？

どちらのほうが、より愛されていると言えるのだろう？

リジイアか、ベレニスか。

「どっちなのかな……」

うっかり呟いていた。

「何が？」

「いや……リジイアとベレニス、本当に愛されてるのはどっちかなって」

すると、黒猫がこちらの額を軽くノックした。

「コンコン、お留守ですか？」

「わっ、こらっ、や、やめてよ！」

タクシーの運転手さんだっているのに、なぜ恥をかかせる。

「言ったろ？　ヴァージニアを母胎として描かれた物語として両テクストを解体するって」

「あ、そうか」

「何が『あ、そうか』だよ。いま君が考えなくちゃならないのは、リジイアとベレニスを同一の〈運命の女〉を描いたものとして捉えたときに、何が見えるか、だよ」

「うう」

「君の身体は雑念の巣窟みたいだな。本当にこれから一人で研究をやっていけるのか疑わしい」

失礼な。さっきちょっと褒めてたくせに。

「それより、リジイアとベレニスが〈運命の女〉の表裏を描いているということは、何を意味するかわかる？　はい、汚名返上のチャンスです」

手のマイクを振られる。

「つまり、〈運命の女〉と〈優美〉の概念は結びついている？」

「そういうこと。〇・五ポイント返上」

「なに、そのポイント制。しかもまだ私、汚名、半分残ってるわけ？」

「いや、九・五ポイント残ってる」

「……」

「実は、〈優美〉と〈運命の女〉がつながるのも無理からぬ話なんだ」

　こちらの立腹など意に介さず、いつもの黒猫の講義が始まる。

「英語で〈優美〉を意味するGraceはもともとローマ神話の美の三女神のことでね。ルネサンス以降は、人のなかにある言い知れぬ魅力を指すようになった。つまり人間固有の魅力だ。そこにはもちろん美以外のものも認められる。

　たとえば、儚さ、虚しさ、冷たさ、温かさ……こういう美的質が〈優美〉という小宇宙を形成している。これらが〈運命の女〉に不可欠な要素であるのは言うまでもない。だからね、〈運命の女〉というのは、言うなれば、〈優美〉を具現化した存在。人間の魅力の抽象的具象」

　――抽象的具象。

「ということは、ヴァージニアがモデルという説は間違いなのね？」

「間違いではないよ。ポオはヴァージニアという存在を抽象化して〈優美〉を摘出しているんだ。そして、〈優美〉の光と影を『リジイア』と『ベレニス』に分離した。リジイアは、その影を追うことで光を見出され、ベレニスは、その光を追うことで影にたどり着く。そういう構図になっている」

「どういうこと？」

「『リジイア』の描写は〈黒〉という単語をはじめ、影のある表現が使用されているが、結果として色彩の鮮烈なイメージが読後に残る。対するベレニスは冒頭に登場する〈虹〉の比喩に見られるように光から始まり、歯の輝きへの言及に至るが、イメージは終始モノクロのままだ」

「うーむ」

「『ベレニス』が〈影〉なのは、容器たるベレニスの肉体が愛されていないからだ。たしかにリジイアとは違う。リジイアはリジイアそのものが愛されていた。だが、本当にそうかな？」

「リジイアは——愛されていたでしょ？」

「ここで、さっきわざと飛ばした『リジイア』のラストを検証してみよう。リジイアの復活は起こったのかどうか」

「だってあのラストから察すれば……」

「よく考えてごらん。よみがえったのは、リジイアのなかの〈優美〉だけなんだよ」

ふっと景色が消えた。黒猫と自分だけが、異空間にいるイメージ。

黒猫は、こちらの常識を、いとも簡単に打ち砕く。

「そんな……」

「描写を見ればわかる。目と髪についてだけじゃないか。そんなものでリジイアそのものが復活したと考えるほうがどうかしている」

「っていうことは――」

「愛されているされていないという区別は大して意味がない。なぜなら、愛されていない、というのも思い込みだから」

「思い込み？」

「『ベレニス』の語り手は、ただ生身のベレニスを愛していなかっただけで、抽象的にはベレニスを愛していた。一方、リジイアは具体的に愛されているかに見えるが、それはリジイアがイデーそのものを体現する存在だったからに過ぎないんだ。つまり『ベレニス』と『リジイア』のいずれも、特定の女性ではなくて死してなお残る人間の魅力がテーマになっているんだよ」

「じゃあ、ポオにとって〈運命の女〉って……」

「〈運命の女〉は、現実の存在じゃない。あらゆる人間のなかにある〈優美〉だ。だから、それがヴァージニアだという説は半分は正しく、半分は間違っている。

　前にも言ったとおり、この二作は僕が便宜的に選んだもので、本来はそこに『モレラ』だとか『エレオノーラ』を加えて論じることもできる。ただ、この二作を比較しながら解体すると、〈運命の女〉の光と影がわかりやすく見えるでしょって話」

　〈運命の女〉という言葉の意味が、ほんの十分ほど前とはまったく変わっていることに気づく。

「〈運命の女〉ってもしかして、遊動図式？」

「そう。僕らは皆、頭のなかにとても小さな〈運命の女〉を持っている。そして、この地球上で五感を研ぎすましながら、〈運命の女〉を探す。その正体を摑むことこそが、芸術家の使命なんだよ」

それから黒猫はウィンドウを指差す。

「たとえばガラス。ガラスは存在を認められながら、一方で透明であることを求められる。生まれながらにして矛盾を孕んだ悲劇的な存在だ。僕らはガラスを見る。だが、本当にガラスを見ているのだろうか？」

ガラスを見る。

バレリーナを見る。

でも本当は、その内奥に〈目に見えた透明性〉を探している。

「どうして、塔馬さんは、ガラスに没頭したんだろう？」

昨日、アトリエで見た作品を思い出す。

あの瞬間――ガラスに魅了されていた。

だから、キスをされてもすぐに動けなかった。

キスに気をとられたのではない。抱きすくめられたからでもない。

「ねえ――昨日ね、あのアトリエで……」

言いかけたとき、運転手が大きな声で言った。

「ここ右でいいかねえ？　もうすぐそこなんだけど、混んじゃってるからさあ」

すでに吉祥寺駅の手前まで来ていた。

「もうここで結構です」

黒猫はそう言って勘定を済ませた。

開いたドアから降りると、だいぶ勢いの弱まった粉雪が、さらさらとコートの上に舞い落ちる。

「急ごう」

黒猫が歩き出す。その黒い背中を追いかける。乱れた呼吸が生み出す白い気体は儚くすぐに消える。

また、言いそびれてしまった。

黒猫の向かう先に、ガラスの方形が見え始めた。

一瞬、昨日の記憶がよみがえって身震いした。

塔馬の瞳——相手の心を弄ぶ一方で、孤独で悲しい目。

ポオ作品における〈運命の女〉は、黒猫の言ったとおりかも知れない。

では、塔馬の〈運命の女〉は誰だったのだろう？

そして、黒猫の〈運命の女〉は——。

いつの間にか西日が差して、道に長い影ができている。粉雪は、もう姿を消していた。

2

「どうしたんだ？　お揃いで」

アトリエの臙脂色のソファにだらしなくよりかかった姿勢のまま、塔馬は語りかけた。こちらに一瞥をくれただけで動く気配はない。まるで、昨日の出来事などきれいさっぱり忘れてしまったみたいだ。

「見にきたのさ。お前が生きているかどうかを」

黒猫はそう言って不敵に笑った。塔馬は腹を抱えて笑い出した。

「なら五年前に来るべきだったな」

その言葉に黒猫は笑わず、塔馬の顔を見つめていた。

「飲んでるのか？」

「そんなに驚くことか？　学生の頃は俺もお前も昼間から浴びるように飲んでたじゃないか」

塔馬はへらへらと笑って答える。

「飲んでることを言ってるんじゃない。飲まれてることを問題にしているのさ」

黒猫は言いながら、作業台に置かれたカルバドスのボトルをつまむようにして持ち上げた。

「お前も飲めよ」

黒猫は頷くと、二人分のグラスを壁の飾り棚から取り出した。

手で持つ部分が、女性の片脚を象《かたど》ったつくりをしていた。

「これはお前の作品か？」

「ああ。敬愛するガラス工芸作家さんの※モンローグラスという作品を手すさびに真似た習作だ」

「タイトルは？」

「俺がすべての作品にタイトルをつけると思うな」

よく見ると、グラスの脚は、トウシューズを履いたバレリーナであることがわかる。

「この太腿から脛にかけて細くなる角度、それから膝の少し上とふくらはぎにくっきりと浮かぶ筋肉のラインは、愛美のものだな」

え？　脚の形だけで誰なのかわかってしまうものだろうか？

それは、黒猫がそれだけ愛美を見つめていたということを意味しているのだろうか？

「相変わらずごちゃごちゃうるさいね、美の解体屋は」

塔馬は、ソファ近くのコンソールからグラスを取り、高く掲げる。

「それより、俺を祝えよ。今日はめでたい日なんだ」

「めでたい？」

「最高傑作が完成した」

塔馬は、室内中央にあるオブジェにかかったワインレッドのヴェールを剝いだ。

肌理《きめ》の細かなヴェールが音もなく床に滑り落ちる。

現れたのは、昨日見たのと同じ、両手を広げた女性のガラス像。あのときはオブジェごしに朝の光を見ていた。だが、今見ているのは夕日の輝きだ。〈彼女〉がウィスキーのようにしっとりと琥珀色に染まる。

そして――歯。

「やっと俺だけのジゼルになった」

微笑とわかる口の部分の窪み。

そこに、歯があった。透明な歯。

その歯に、夕日が反射し、黄金にきらめく。

あった――。

失われた髪留めの歯。上下七本ずつあった歯が、等分され、人間のものと同じサイズの歯が二十八本。

今は〈彼女〉の歯となり、金の微笑を形成している。

「なるほどね。〈優美〉だけを切りとったわけか」

黒猫は〈彼女〉を見てそう呟く。

「完成したんだな。おめでとう」

カルバドスを口に運ぶ黒猫につられるように一口含む。

身体の内側から甘やかな火で炙られたような感触。

イギリスに短期留学した頃に、一度だけ飲んだことがある。

そのときのものより、遥かに純度が高い。

「それで、お前はどこで完成するんだ？」

黒猫の声が、どこか遠くで響いているような感覚になる。

睡眠不足が祟っているのか、やけに酔いが早い。頭のなかで黒猫の言葉が何度かぐるぐると回り、何周目かでようやく「ん？」と考える。

塔馬はどこで完成するのか？

どういう意味？

「それは彼女が決めるさ。いつ踊りをやめられるかは、彼女にかかってる。そうだろ？」

「そういう構図なんだな、やはり」

二人の会話から完全に置き去りにされている。

「彼女は今日ここへ来るのか?」

「知るか。悪いが、俺はしばらく一人で完成の余韻に浸りたい。用が済んだら、出て行ってくれるか?」

黒猫は、それには答えず、沈黙のうちに杯を乾かした。

塔馬の横顔を見た。彼はソファに寝そべった姿勢で、ガラス張りの天井越しに黄昏に染まる空を見上げている。まるで、さかしまな恋の断崖から、幻影を見下ろしているかのようだ。

誰との恋?

それが——わからない。

黒猫に続くようにグラスを持ち上げ、一気に飲み干す。

骨だけになるまで焼き尽くされる感覚。この感覚はどこから来るのだろう?

「出て行く前に一つだけ、俺からの忠告」

塔馬はそう言ってグラスを持ったまま黒猫を指さした。

「人の心配する前に自分の心配しろよ。俺ならこの子を置いてパリへ行ったりしない」

黒猫はじっと塔馬を見つめた。

「忠告は終わりか?」

「ああ」

黒猫は壁の時計で時間を確かめた。

「二時間後にホールで会おう。来るんだろ？」

「チケットはあるよ」

「待ってるぞ」

黒猫はエントランスへ向かって歩き始めた。もう話は終わりらしい。黒猫のあとを追いかける前に一度だけ、塔馬を振り返った。

「幾美さんに謝るべきだと思います、昨日のこと」

塔馬は冷笑を浮かべると、顎で黒猫を示した。「早く奴を追え」ということらしい。説教は要らない、か。

黒猫を追いかけ、閉まりかけたドアに手を滑り込ませて押し開く。

すでに黒猫は階段を降り始めている。

「雑司が谷へ行く」

そうなると、公演が始まるのをそのまま現地で待つのだろう。

「ねえ、私、一回帰って着替えたいんだけど」

後ろ姿に声をかけた。

出ずっぱりになるとは思わなかったから、普段着まるだしの出で立ちで来てしまったのだ。

「そのままでいい」

「だってこんな恰好じゃ……」

学会に出るような服装で鑑賞するなと言っていたのは黒猫だ。

「いいんだよ、一度見てみたかっただけだから」

え？

それ、どういう……。

黒猫は通りかかったタクシーに手を上げる。

「とにかく移動しながら話そう、時間がない」

黒猫は何を焦っているんだろう？

ふと、さっき塔馬にかけていた言葉を思い出す。「お前が生きているかどうかを」と黒猫は言った。

あの言葉は、何を意味するのだろうか？

黒猫は塔馬の死を恐れているのだろうか？

ドアが閉まる。

「G大学前まで」

〈プルミエバレエ教室〉へ行く気らしい。

3

動き出した車の中で、脚をだらっと前方に投げ出し、気怠そうに窓の外を眺める黒猫。

「雪、積もらなかったな」

「そうだね」

まだカルバドスの残り火で身体は温かい。

「僕はパリへ行くよ」

「……わかってるよ、そんなこと」

なにも改まって宣言することないのに。

「前回の留学とは違って、いつ戻って来られるかもわからない」

「知ってる」

「今世紀を代表する一人の天才が、海の向こうで死の淵に立たされているんだ」

「ラテスト教授？」

黒猫は頷いた。

「彼が非常に危険な状態にあるのは確かだと思う。彼は万が一に備えて、ある重要な〈対話〉をしたいと言っている。それは、思想の継承と発展に関わるものだ。だからこそ、期間を決めない滞在を彼は望み、客員教授というステータスまで用意している」

そんな背景があったのか。

まったく知らなかった。水面下ではそんな駆け引きが行なわれていたのだ。ほとんど天上の会話のようにさえ感じられる。

でも、黒猫はなぜ今、パリ行きの背景を話したのだろう？

塔馬の最後の言葉を真に受けたから？

「その前に、この一件をどうにかしないと」

黒猫はそう言って窓ガラスに指で落書きを始めた。片足でくるくると回っているバレエの踊り子。

「気になってたんだけど、どうしてモンローグラスっていうの？」

「マリリン・モンローの『七年目の浮気』の、ほら、地下鉄の通風口からの風でスカートが舞い上がるシーン」

なんとまあ。グラス部分がめくれ上がったスカートということか。

聞いたこっちが赤面してしまう。

「そ、そうなんだ」

「さっきのは、グラス部分が小さかっただろ？　あれはチュチュを意識したデザインだからだ。まあ、実際にチュチュがあんなふうにめくれ上がることって舞台ではないんだけど」

言い方に含みを持たせた。それは、裏を返せば舞台を降りてからのバレリーナを知っている塔馬にしか作れない、ということかも知れない。

「塔馬はもともとドガが好きだった。ドガは、舞台以外での踊り子を描く画家だった。たとえば『楽屋の踊り子』では、出番を待つ踊り子がそわそわと身なりを整えているところが描かれている。顔も決して美人じゃないが、半分開いたドアから覗いているような細い絵の構図からは独特の緊張感と人間性が伝わってくる。

小さい頃からバレエ・ホールに出入りしていた塔馬にとっては、非常に共感できる画家だったんじゃないかな。彼はバレエのもつ光と影に魅せられた延長で愛美と付き合い始め、彼女を失うと、今度はバレエのなかにあるものを自分で紡ぐ方法を模索するようになった」

「それが、ガラスアート」

「さっきのモンローグラスは、彼なりのドガの変奏曲のようなものだ。踊り子のスカートが逆さになるのは楽屋か、それともベッドのなかか」

黒猫の口調は滑らかだ。そこに、恋人を奪われた悔しさや嫉妬の感情は見られない。愛美も幾美も、彼にとっては過去の女にすぎないのだろうか。

「ガラスアートという意味では、女性像を手がける点からルネ・ラリックの系列で論じられることもあるんだけど、実際には塔馬は他ジャンルからの影響をガラスアートの世界に持ち込んでいる。特に彫刻家、エミリオ・グレコの豊かで力強い女性像からの影響は大きいだろうね。彼の作品を見てまず第一に感じられるのは骨格への愛だ」

「骨格への、愛？」

「人間は骨と肉で形成されている。一般に美醜の概念に関わってくるのは肉の部分に見える。でもその肉を支えているのは骨だ。グレコの彫刻に〈うずくまる女〉という連作がある。タイトルどおり、女性がうずくまっているんだけど、閉鎖的な姿勢に収まりきらないほどの女性の神秘と躍動が見てとれる」

〈うずくまる女〉――先日塔馬も同じようなことを言っていた。

「愛美はバレリーナとしての実力もさることながら、それ以前に最高のマテリアルを所有してもいた。さっきのモンローグラスが彼女の脚を見事に再現していたね。ピンと伸びて地球の軸から宇宙までを貫きそうな造形美。美を最大限引き出すためのフォルムだ。

塔馬は〈優美〉を追求して愛美を欲し、愛美を失って初めて〈優美〉を自らの手で創造する必要に駆られたんだ」

それじゃあ――塔馬にとって幾美は何なのだろう？

ただの、最愛の女の、面影をもつ妹？

そんなの、あんまりだ。

「ねえ、これから幾美さんに会いに行くの？」

「ああ」

「目的は？」

「公演前の激励」

「嘘ばっかり」

黒猫は、窓ガラスに描いた踊り子の顔に口髭をつける。

「見て、おじさんになった」

笑うまいと思ったがダメだった。ずるい。こういうときにジョークで逃げるのはずるい。

睨んでやろうとしていると、黒猫はふっと真顔に戻って呟く。

「踊っているのは、幾美じゃなくて塔馬のほうかも知れない」

「……どういうこと？」

「アルブレヒトはヴィリに、死ぬまで踊り続けるという呪いをかけられた。塔馬も同じかも知れないと思ったのさ」

「塔馬さんが……アルブレヒト？」

「あいつは踊り子のもつ神秘性、透明性、そういったものすべてを手に入れたくて愛美を求めた。二人は愛し合っているように見えたが、実際のベクトルはずれている。

愛美はガラスだ。〈ガラスを見る〉というのは、ガラスが反射するさまざまな光と影を見ることにほかならない。塔馬は愛美が反射する世界を見ていた。愛美自身を愛していたわけではないんだ。

だから、『ジゼル』の舞台に立ったとき、塔馬は愛美を愛美とは少しも思わなかったに違いない。小さい頃から透明な世界に虚構を見出すのが好きだった塔馬にとって、世界はすべて小人のための装置なんだ」

「世界がすべて小人のための装置？」

「芸術家は通常の人間とは違ったふうに現実を見る。交通渋滞はエメラルドの川になり、流れ出る水は透き通る女性の髪だ。そして、バレエの舞台は、純粋に見たままに理解されるべき空間なんだよ」

「純粋に——見たままに理解されるべき空間……」

「自分の内部にメタファーを必要としないのさ。バレエは、それ自体がメタファーだから」

「それ自体が、メタファー……」

一年前ならわからなかったかも知れない。でも、黒猫の〈付き人〉として付き添ってから、見えるようになった世界がある。

そして、今日の講演。〈遊動図式〉。

「〈裸形の踊り子〉だからってことね？」

「そういうこと。そして、塔馬は〈裸形の踊り子〉の恋人。ゴーチエは、バレエについて、あらゆる動作を観客の一人一人が解釈する言葉なき白昼夢だと言っている。この思想がマラルメに受け継がれて深化され、〈裸形の踊り子〉となる。世界を〈遊動図式〉そのものとして見る塔馬の世界も同じ系譜に連なる。塔馬にとって舞台とは、見たままに受信できる最も崇高で神聖なものだったんだよ」

崇高で神聖な舞台。

「つまりね、『ジゼル』を見ているとき」

五年前、そこで、悲劇が起こった。

「彼はただ彼なりのジゼルを見ていればよかった」

見たままに理解される空間で。

「〈裸形の踊り子〉の恋人たる塔馬はね……」

悲劇が起こったら――。

「塔馬は、そのときアルブレヒトそのものになっていたんだよ」

「え……！　えええ？」

そんな馬鹿な――。

アルブレヒトそのものになっていた？

たしかにドラマに感情移入してしまうことはある。だけど、そのものになってしまうのは……。

「勘違いしてはならないのは、これは主観的な体験ではなく、芸術的な体験だということ。単なる感情論ではない。もっと、観念的な深い森のなかでのハプニングなんだ」

観念的な深い森のなか。

脳裏に浮かぶ。朝もやの森のなかで、やみくもに踊り続ける塔馬の姿が。

「塔馬のなかで五年前の舞台はまだ続いているんだ」

舞台が、続いている……。

朝日を待って、破裂しかねない心臓に耳を傾けながら踊り続けているアルブレヒト。

頭の芯が痺れている感覚。

そして、黒猫の言葉が、あらゆる音を奪った。

「彼はまだ『ジゼル』の世界を歩かされている。〈運命の女〉はジゼルなんだよ」

静寂。次いで、めまい。

感覚から切り離され、ガラスの虚構に放り込まれた。

4

――踊っているのは、幾美じゃなくて塔馬のほうかも知れない。

さっきの黒猫の呟きの意味が、ようやくわかった気がした。

「嘘……そんなの……そんなわけ……」

無理矢理否定しようとして、バレエ・ホールでの塔馬の言葉がよぎる。

――それとこれとは別だ。彼女の代わりなんかいない。

彼女の代わりはいない。

ジゼルの代わりはいない。

ああ。

そうか。


〈彼女〉とは愛美ではなく、ジゼルのことだったのか……。


「さっき塔馬は言っただろ? 『いつ踊りをやめられるかは、彼女にかかってる』って」

「うん。言ったけど」

「愛美は『ジゼル』の舞台の第一幕の終わりで死んだ。第二幕では何が起こる?」

「アルブレヒトが、ジゼルの墓の前でヴィリたちに踊りを強要されて……あっ！」

「そういうこと。塔馬にとってこの五年はとても長い踊りの時間だったに違いない。ヴィリに強要されるようにしてガラスアートに傾倒した。それが彼にとっての〈踊り〉だったから」

「ガラスアートが、〈踊り〉になるの？」

「そもそも、なぜヴィリは男たちを踊らせるんだろうね？」

「なぜって……そういう神話だから」

「踊りって何だろう？」

その問いは、今日の黒猫の講演に戻っていく。

「〈優美〉？」

「そうだね。婚前に死んだ女性の〈優美〉を、男たちがなぞる。これが、ヴィリが男たちを死ぬまで踊らせる理由だろう。少なくとも、塔馬はそう解釈した。バレエをずっと見てきた彼なら、〈死ぬまで踊らせる〉ことの意味はこれ一つしか考えられなかっただろう」

そこで一度黒猫は言葉を切り、こちらへ顔を向ける。

「つまり〈優美〉のラインをなぞり、再創造すること」

黒猫の結論は、自然な文脈によって語られる。

なのに——いつも世界が反転するような感覚に襲われる。

だが、妙に合点がいった。

あの表情——世界の憂鬱を詰め込んだガラスの容器のような顔。

あれは、ヴィリの呪いによって踊り続ける男の顔だったのだ。

「そう考えて初めてわかることがある」

「何？」

「今回の復活劇」

「復活劇？」

「君も目撃したろ？　先日の『ジゼル』。あの中で、見事に彼はジゼルを復活させることに成功した」

「……だってあれは幾美さんが、驚いて……」

あれは幾美がただ癇癪《かんしゃく》をおこして出て行っただけではないのか？

「表層を見れば、ただそれだけのこと。でも塔馬の装置のなかではそれだけじゃないんだ。五年前の舞台で、塔馬はジゼルを失い、死の舞踏を続けた。彼はずっとその踊りからの解放を望んでいた。彼が解放されるためにはジゼルがヴィリに赦しを請わねばならない。ところが、もはや〈動く女神〉はこの世のどこにもいない」

だからこそ塔馬は踊り続けていた。

ガラスという深い森のなかを。

「塔馬は新たな〈動く女神〉を創造したがった。それは、彼に赦しを与える〈動く女神〉でなければならない。彼自身の〈踊り＝ガラスアート〉とは別の課題だ」

観念的すぎる。そんな独りよがりの世界が、現実の世界とどう結びつくというのだろう？

そんな心の声に答えるように、黒猫が言葉を紡ぐ。

「表層的に言えば、その課題とは——」

次の言葉を聞いたとき、戻りかけていた五感のバランスが、再び崩れた。それも音を立てて。

「その課題とは、〈花折愛美に代わる究極の踊り子を創造すること〉だ」

踊り子を一人創造してしまう？

馬鹿げている——ありえない……。

「まさか……それが、川上幾美と付き合いだした理由？」

「うん。彼は愛美の父親でもあったダニエリをバレエ・マスターに抜擢し、〈花折愛美再創造プロジェクト〉を推進した。愛美はダニエリの感性を受け継いでいたが、幾美にはもちろんそんなものはない。

でも、僕は五年前から幾美の踊りを知っていてね。原石の欠片のようなものがあることはあったんだ。塔馬もわかっていたからこそ、ダニエリによって彼女を開花させようと思い立った。ほかの演出家では駄目だったんだ。ダニエリでなければ」

5

いったい、誰が想像できただろうか。妄想の域にまで達している自己の世界の成就のために、そこまで周到に美のメカニズムが構築されていようなどとは。

「実際、僕らが観た第一幕までは完璧だった。いや、もしかしたら儚い可憐さで言えば愛美より適役だったかも知れない。そして、とりあえずそこまでで良かったんだ。なぜなら、第一幕にはあのハプニングがセッティングされていたから」

「やっぱり、あれは仕組まれたことだったの？」

「恐らくね。あのハプニングにはどんな仕掛けがあったと思う？」

そう問われる直前まで、頭のなかでいくつもの仮説が蠢いていた。それが、消えてクリアに答えが見えた――気がした。

「塔馬さんは一箇所だけ、ジゼルの倒れる位置だけ指定した……違う？」

「そのとおりだよ。まるでリジイアの微笑に関する描写みたいじゃないか。『一すじものこさずに照り映えさせる』

「つまり、髪留めが照明を反射した、そうでしょう？」

「我々はガラスそのものを見ているのではなく、ガラスが反射する光と影を見ている。グレアって知ってる？」

黙って首を振る。

「眩しさのことをグレアって言ってね、このグレアにはいくつか明るさによる分類があるんだけど、そのなかに〈不能グレア〉と呼ばれる領域がある。不能グレアは、要するにあまりの眩しさに網膜が正常に機能しなくなる状態。

通常、照明基準というのが各国で制定されていて、極度に眩しいものは照明には不適合とされている。ただし、舞台の照明は遥か高い天井から照らさなくてはならないから、かなり高輝度の照明が用いられる。

もちろん、ふつうに舞台に立っているぶんには問題にならないが、貴金属や宝石、ガラスがその光を反射した場合はその限りではない。塔馬の作った髪留めは透明なガラス素材だ。上から見ると、当然鬘の黒髪が透けて見える。夜にカーテンを開けて窓を見ると、ガラスが鏡みたいになるだろう？　外から光が入らないせいだ。それと同じことが舞台の上で起こったんだ。黒髪が下地となることでガラスの髪留めは鏡となり、真上にあった照明を映し出した。反射効果が最大になる位置でなければ効果は損なわれただろう」

「じゃあ……アルブレヒト役は目がくらんで倒れたのね？」

「ああ、ポオのテクストと同じさ。輝ける歯は〈優美〉を象徴している。〈復活〉は〈優美〉の煌めきによって実現され、いまはガラスアート〈彼女〉の歯に納まった。機能的な計画じゃないか。僕だって、君がダニエリとの対話を仔細に語っていなければ気づけなかっただろう」

——自分の席の真正面でイクミの倒れるシーンを見たいからって、第一幕でジゼルが倒れるポジションを指定してきたくらい。

黒猫に報告したときは、深く考えなかった。

あれは——光の反射が最大になるよう計算してのことだったのか。だとすると——。

「ねえ、黒猫、あの日のチケット、塔馬さんにもらったんだよね？」

「そうだよ。用があって電話したついでに頼んだんだ」

「もしかして……」

「そう、僕もその可能性を考えてる。つまり、あの日、観劇に行った段階から僕らは巻き込まれていたんだよ」

鼓動が高鳴る。心臓が、耳のすぐ横にあるみたいだ。

「そして——舞台はまだ終わっていない」

6

渋滞に巻き込まれ、タクシーはゆるゆると進む。

だが、もう目的地は近いはずだった。

「気がつかなかった？　僕のとなりに座っていた人はバレエにまったく興味がないらしく、いびきをかいて眠っていた」

こんな人がバレエを見にくるのか、と驚いた記憶がある。

「彼はバレエの最中ずっと眠っていたから、恐らくただあそこに座っているように言われたんだろう。もちろん塔馬が頼んだんだ。なぜか？　ふつう、そんな客のとなりに女性を座らせようとは考えない。そうなれば、僕は当然君を塔馬の横に座らせることになる」

なるほど。チケット二枚の席順は、必然的に決まるようになっていたのか。ゆるいように見えて隅々まで行き届いた計算。

塔馬のメカニズムの中を歩いていたのだ。

「君をあの席に座らせるメリットは何か？」

「幾美さんに——誤解させる？」

「そう、塔馬が君と見に来ていると思わせる」

「でも、黒猫だって反対側にいるじゃない？」

実際、幾美は黒猫の存在にも気づいていた。

「それは逆効果だろう。少なくとも、僕を好きになったあとに塔馬と付き合いだした幾美にとっては、僕と塔馬の間にいる君って、ただの泥棒猫にしか見えないはずだよ」

「泥棒猫って……私がですか？」

やられた。完全に塔馬の作戦に利用されていたのだ。

そこにあのキスシーンを目撃すれば、勘違いが補強されること間違いなし。

「そして、あのアトリエでもう一度君を目撃させる」

「アトリエに行ったのは聞きたいことがあったからで……」

「偶然だと言いたい？　よく考えてごらん。それさえも計画だったとは考えられないかな？　君が興味をひくような種を仕掛けておいた、とか」

――興味があるなら、明日の十一時にアトリエにおいで。教えてあげるから。

「うっ……」

あれが罠だったのだ。今思い返せばちょっと露骨すぎる罠ではないか。なぜ気づかなかったのだろう？　間抜けな自分を呪いたくなる。

「……目的は、何なの？」

「わからない。『ジゼル』の筋書きからは逸脱し始めているからね」

「逸脱？」

「だってそうだろ？　ジゼルが生き返ってしまったんだ。運命に裏切られたジゼルがね」

黒猫はそう言って、窓ガラスの絵に羽をくわえた。

塔馬のなかでは生き返ったのかも知れない。だが実際、五年前に死んだのは愛美であってジゼルではないのだ。

彼女を殺したのは、誰だったのだろう？

「塔馬の狙いが、〈死の舞踏〉からの解放にあるなら、幾美が何らかの形でそれをもたらさねば、舞台は完結しない。恐らく、塔馬は彼にとって最後の作品となるもう一つの〈彼女〉を完成させたんだ。復活してしまったジゼルはアルブレヒトを赦すのか、それとも——」

ここまで言われて、黒猫がなぜ大急ぎで塔馬のアトリエを訪ねたのかわかった気がした。

黒猫は、川上幾美が塔馬を殺すという最悪のケースを恐れたのだ。

だが、それは外れた。

今度は、川上幾美を訪れようとしている。かつての恋人のもとを。

「幾美さんに会って何を言うの？　彼女の誤解なら解けてないよ」

「そんなこと、君の曇りきった顔を見ればわかるよ。ついでに、唇の傷は彼女にやられたものだろう？」

「どうして……」

「幾美は愛美の好きな男に無邪気に恋心を抱く子どもじみた性格のまま大人になった。だから、好きな人を奪われた経験がない。はじめから恋に臆病な君と違って、プライドを傷つけられたことを本気で怒っているはずだ。平静を装いながらも闘争本能をむき出しにした獣みたいに向かってきただろうと思ったのさ」

「……なるほど」

元恋人のこととはいえ、鋭すぎる。

「知ってる？　泥棒猫を恐れるものもまた泥棒猫」

「何のことわざ？」

「いや、僕の格言。まあ、なんで唇を攻撃したのかは見当もつかないが」

いやな予感。もしかして、黒猫はすでに気づいていたりするんだろうか。気づかれているなら、余計に言いづらい。

「着いたね」

前方にG大学の校舎が見えた。

明治通り沿いで降ろしてもらい、〈プルミエバレエ教室〉へ。

扉の前で、黒猫は言った。

「君、どうする？　外で待っててもいいけど」

「い、行くよ。ここまで来たんだもん」

「あ、そう。また引っかかれないようにね」

黒猫はしれっとした調子でそう言うと、先にエントランスの自動扉をぬけ、来客用電話の受話器を持ち上げた。

「川上幾美さんに面会に来たのですが……そうですか、もうホールに？」

どうやらいないらしい。

しばらく沈黙が続く。

黒猫の背後に立っていたため、その表情は読み取れない。

ただ、沈黙が長い。それだけが、気になる。

「わかりました。ありがとうございます」

黒猫は受話器を置いた。だが、そのままの姿勢で、こちらを振り返ろうとしない。

「ど、どうしたの？　黒猫？」

「……ホールでの最終調整の途中で抜け出したまま、戻らないそうだ」

「そんな……自宅は？」

「心当たりはすでに探している、と言っていた。相当困惑しているようだった」

黒猫は、それからゆっくりと振り返った。

これまで見たこともないほど虚ろな目をした彼が、そこにいた。

「くろ……ねこ？」

黒猫は何も言わぬまま、携帯電話をおもむろに取り出し、どこかへ電話をかけ始めた。

「幾美は来たか?」

相手は塔馬のようだ。

黒猫の目は、壁の窪みに展示されている塔馬の手がけたガラスのオブジェに注がれていた。絡み合う男女の像。

「聞き方を変えよう。ジゼルは来たか?」

静かな問いかけだった。

それは、学生と問答をかわす調子でもなく、学会で舌戦を交えるときの好戦的な姿勢でもなかった。

その問いかけは、どこかしら祈るような優しさを含んでいた。

「そうか……。一つだけ」

黒猫はゆっくりと歩いてオブジェの前まで行き、その透き通る像に手を触れながら言った。

「お前を赦すのはジゼルじゃない、お前自身だ」

そのあと、何か塔馬が答えた。短い返答だった。

電話はそこで終わったようだ。黒猫は携帯電話をしまった。

「『心配するな』だそうだ」

「幾美さんは？　塔馬さんのところへは……」

「来てた。ちょうど下に車が停まったところらしい」

「うそ……」

どうしよう。黒猫の虚脱感が伝染したのか、膝に力が入らなくなってその場にしゃがみこむ。

透明なオブジェを作り出す男。

彼の作品を見上げる。塔馬は今、どんな表情で幾美が部屋に来るのを待っているのだろう。

やはりあのソファに寝そべっているのだろうか。

完成したガラスアート〈彼女〉を見つめながら。

その透明な歯にこめられたのは、彼が愛したジゼルからの赦し。

そうだ、両手を広げた〈彼女〉のポーズは、ジゼルがヴィリたちにアルブレヒトの赦しを請うときのポーズではないか。

アトリエに入った瞬間、幾美にその像の意味を読み取ることができるだろうか？

そもそもどう読み取るのが正解なのか。塔馬はどうしたら赦されるのか。すべては深い森の中。

闇の中で踊る塔馬に差す朝日の色は、まだ見えない。

第七章　赦し

1

　虹色にきらめくシャンデリアを眺めていた。

　ロビーのベンチに黒猫と並んで二人。瀟洒な大階段を昇り行く華やかな人々の談笑の声は、今日はあまり耳に入ってこない。

　夜になってまた雪が降り始めた。今夜はいよいよ積もるのかも知れない。

「マラルメは、〈劇《ドラマ》〉は舞台の上で起こるのではない、と言った」

「どういうこと？」

　今なら、どんな難しい話でも、すっと飲み込める気がした。

「観衆との〈交感〉のなかにある、と。〈交感〉のなかで起こる〈劇〉はいつでも立体的だ。開演を待ちわびている人々の躍動的な様子を見ていると、それ自体が一つの演目のような気がしてこない？」

「うん、する、かも」

ドガの話が頭をよぎる。公演前の会場もまた、もう一つの舞台裏なのかも知れない。これは、ちょっと黒猫くさい考え方だなと思う。

「観衆がこれだけ見事にプレリュードを演奏できるのなら、〈交感〉こそが本当の、目に見えない舞台なんだと断言したくなる」

「うん」

「今日の『ジゼル』が楽しみだ」

その言葉に、嘘はないのだろう。

問題は、幾美が現れるのかどうか。そして——塔馬は現れるのかどうか。

時計は、すでに開演十分前を指している。

「幾美さんは来るかな」

「来るだろう。本物のプリマは、首がとれても公演には来るものだ」

黒猫と二人で注視しているのは、回転扉だ。

そこから、塔馬が登場したときのことを思い出す。

あの時の印象。繊細で物憂げな表情は、今思えばガラスの性質に似ていた。

「塔馬と僕が出会ったのは、大学のキャンパスだった。真夜中だよ。飲みの席を退出して、大学図書館で気分を落ち着けたあと、ゆっくり遠回りして帰ろうとしてたんだ。そうしたら、大学の講堂前でぐったり仰向けで倒れている男がいた」

「それが塔馬さん？」

「ああ。酔っ払った塔馬だった。まだ四月の寒い時期だからね、凍死でもしたらと思って声をかけた。すると塔馬は言ったよ。『ガラスは闇に呑まれたりしない、心配するな』。酔った彼の目は、まっすぐに夜空を見ていた」

「心配するな……」

となりを見た。

黒猫は、目を閉じていた。

「そろそろ行こう」

外では雪が闇を染め、その奥に辛うじて朧月が見えている。

回転扉は——もう、開かなかった。

2

アヴァン・セーヌから眺める馬蹄形のホールは、扇状の連続線で人々を仕切り、騒音をハーモニーに変えている。

舞台の赤い幕は、まだ下りたままだ。

ブザーが鳴る。

となりの席に目をやる。まだ空席のまま。

先日と同じ並びで塔馬が席を都合したのなら、そこは彼の席である可能性が高かった。

だが――。

「あった、ここかな」

現れたのは、眼鏡をかけた、子どもっぽいような中年臭いようなどっちとも取れる顔立ちをしたトレンチコート姿の男だった。コートを着たままなのはともかく、雪くらいは払い落としてくるべきではないか、とぎょっとした。

「ちょっと失礼しますよ」

男はそう言ってその場で雪を払い始めた。一応こちらに雪がかからないように配慮はしているが、床に雪を払い落とす行為自体いかがなものか。

「いやはや、バレエなんて初めてなので、楽しみです」

「……はあ、そうなんですか」

変な人かも知れない、と警戒して目は合わせないようにした。トレンチコートから薄っぺらい黒手帳が落ちそうになっているのが少しだけ気になった。

それと、よれよれの背広の襟につけられた金の縁取りをした赤丸のバッジ。

これってたしか……。

「あ、ありがとうございます、落ちそうでしたね」

男はポケットから黒い手帳を取り出しながら言った。

「これ、手帳なんですけど手帳じゃないんですよ。大事な商売道具なので手放せないんですけど」

そう言って、男は手帳を開く。

中から出てきたのは、テレビでは見たことのある警察マークだった。上半分には男の写真と身分が表示されている。

警部補　磯山貴利
「お二人は塔馬陽孔さんのご友人でいらっしゃいますね？」

磯山という男はそう言って笑みを作ってみせた。

「はい……あの、どうして……」

どうしてわかったのだろう？

「塔馬は、来ないんですね？」

反対側から黒猫が尋ねた。

「先ほど、お亡くなりになりました」

背筋に冷たい感触が貼りつく。

「刑事やってて初めてですよ、遺書のある殺人なんて」

「遺書のある——殺人？」

「ええ。犯人への配慮とでも言うのか……カーテンコールを終えるまでは絶対に捕まえるな、と。それと、第一にあなたに自分の死を知らせてほしい、とも」

磯山はそう言って黒猫に視線を向けた。

「僕に、ですか」

「ええ。ですから、おつらいでしょうが、亡くなられた状況を簡単にご説明させていただいてもよろしいですか？」

「それが、塔馬の遺志ということなら」

黒猫は、静かに承諾した。

殺人という遠い世界にあった話が、突然すぐ近くに姿を現した。こんな結末を、欲したのではなかった。ただ、黒猫の過去が気になっただけ。

「死亡時刻は、午後五時前後。死因は巨大な耐熱ガラスによる殴打」

巨大な耐熱ガラス——。

〈彼女〉だ。事件捜査にあたる刑事の目には、単なる巨大なガラスの凶器にしか見えないのかも知れない。

「幸い、容疑者はわかりきっています。何しろ、凶器にべったりと指紋が残っていました。

それに、あの家はアトリエの部分だけ壁三面と天井がガラス張りですからね、この季節の夕方五時にブラインドを下ろさず照明が煌々とついていれば、デパートのショーケースみたいなものです。周辺居住者数人が犯行の瞬間や逃亡の様子を目撃していました。犯人は彼の婚約者に間違いないでしょう」

やはり、幾美によって塔馬は殺されたのだ。

そのとき、男の胸ポケットから「ロッキーのテーマ」が流れ始めた。

「携帯電話というのは、人間を不自由にするだけの利器ですね。せっかく始まるところなのに」

ぶつくさ言いながら、磯山は立ち上がり、退出していく。座席に、まるめられたよれよれのトレンチコートを置き去りにして。

黒猫が声を落として、ささやくように言った。

「幾美が部屋に入ったとき、塔馬のいるソファからは、〈彼女〉と重なるようにして幾美が見えたことだろう。ジゼルの慈愛のポーズに重なるようにして幾美が両腕を上げる。オブジェをつかむために。そうして、塔馬に永遠が訪れた。彼は赦されたんだよ。ジゼルにね」

それ以外の方法では、塔馬は〈踊り〉をやめることができなかったのだろうか。なぜ、死なねばならなかったのだろう。

「その答えは、これからバレエを見ればわかる、きっと」

「でも、幾美さんが犯人なら、警察が……」

「バレエが終わるまでは待ってくれるさ。何しろ、それが被害者の遺言なんだ」

なぜかまた、塔馬のキスの感触がよみがえった。涙は出なかった。泣きたい、とも思わなかった。それでも、名前をもたぬ感情が内奥からあふれ出てくるのをどうすることもできなかった。

「始まるよ」

ゆっくりと幕が開く。

広場。椅子。そして、向かい合うように建つ二軒の家。

弦楽器を中心に構成されたシンプルな音楽が、目に見えるような優雅なラインを描き、ゆったりと流れ始めた。

朝はまだ浅い眠りを彷徨っている。

ジゼルの家の前に花を置いてヒラリオンが立ち去ったあと、アルブレヒトと従僕の言い争いが始まる。そして追い払われる従僕。

アルブレヒトが、ドアをノックする。

幾美は出てくるのだろうか？

アルブレヒトが隠れると、ドアが開く。

　ジゼルが現れた。川上幾美のジゼルが。

　期待で胸がいっぱいなような初々しい表情を湛えて。

　その表情は、二日前の舞台とは完全に違うものになっていた。ジゼルを演じる幾美のそれではない。恋に胸をときめかせるジゼルそのものだった。

3

　第一幕の成功をなんと表現したらいいのだろう。

　二日前の出来にもじゅうぶん興奮させられるものがあった。だが、それを遥かに凌駕する圧倒的存在感で、幾美は一秒たりとも観客の関心を逃さないほど、完璧にジゼルだった。愛を誓うアルブレヒトに恥じらうジゼル、村の女たちと喜び踊るジゼル、裏切られるジゼル、混乱するジゼル、ショックのうちに息絶えるジゼル。

　一輪の花が、最後の花びらを散らすまで。

　人間の生のすべてが描かれたジゼル。幾美は大仰になることなく、ジゼルの感情を色彩豊かになぞる。いや、もうそれはなぞっているのではなくて、彼女自身が自由に描いた線のようにしか見えない。

〈優美〉という言葉が、しっくりくる。

天才はいるのだ、と改めて感じる。花折愛美と比べて言及することに意味はあるまい。幾美のジゼルが神がかった出来映えなのは間違いないのだから。

「〈動く女神〉がいたね」

黒猫は十分間の休憩になると、そう呟いた。

客席の周囲を、スーツを着た男たちがうろうろしている。恐らくは刑事たちだ。入口付近で磯山が無表情に指示を飛ばしているのが見える。

逃げられないように包囲しているのだ。

すぐに逮捕しないのは、磯山の配慮によるものなのだろう。

「五年前に出番を迎えられなかったのは幸いだった」

「え？」

「五年前、風邪をひいていなかったら、幾美はここにいない」

「それって……」

「五年前のあの日、ジゼルを演じる予定だったのは愛美じゃなくて幾美だったんだよ」

「え……え？　……だってそんなはず……」

ジゼル役を愛美に与えるために塔馬が企画した、と塔馬自身が言っていたではないか。

そして、彼女はジゼルという大役のためのプレッシャーに押しつぶされそうになっていた、と。

　違ったの？

　あれはでたらめ？

「愛美もジゼル役だったよ」

「そんなの……矛盾してるじゃない？」

「矛盾してないよ。ただ、あの日は幾美の日だったんだ」

「『あの日は』？」

「ダブルキャストだったんだ。一日ずつ交代で演じる予定だった。初日は愛美、翌日は幾美」

　ダブルキャスト？

　予想外の言葉に啞然としてしまう。それにしても……。

「塔馬さんは二日目に見に来たんでしょ？　おかしいじゃない？　愛美さんの婚約者なのに」

「塔馬は当時研究に追われていたから、『ジゼル』公演のお膳立てをした後は関わっていなかった。だから、ダブルキャストになったことを知らなかったんだよ」

「塔馬さんが企画したのに？」

「ダブルキャストはグリン女史が決めたことらしい。はじめから劇場サイドとバレエ団サイドで意識のズレがあったんだ」

頭のなかで構築しかけていた何もかもが崩れた。

いや、崩れたのではない。ジェンガのようにアンバランスな構造が、手前と奥に二つあったのだ。それが、ただ重なって一つの塔に見えていただけ。

「じゃあ、愛美さんを殺したのは――」

「愛美を殺したのは、愛美だよ。彼女が剣を入れ替えておいたんだから」

「愛美さんが？　どうして……」

塔馬との結婚を目前に控えていたのに。

「幾美は無邪気に姉の好きな人を好きになる性格だ。その好意を姉に対して隠そうともしない。好きになるだけなら問題はない、というのが彼女の行動原理にあったのだろう」

「でも、愛美さんは、違った？」

「そう。愛美にとって幾美は、塔馬を奪うかも知れない脅威の存在でしかなかった。自分と似た要素を持ちながら、自分と違った魅力をもつ人間は、まったくの別人以上に脅威に映るものだ。そこに幾美のジゼル抜擢が追い討ちをかけたんだ。どう考えても、当時の幾美はまだジゼルをやれる器ではなかったのに。そこにグリン女史の復讐心があったのは確かだろう」

グリン女史の復讐は配役によって成されていたのだ。

だから、彼女は今なお罪悪感を抱いている。剣を用いる演出にしたのとは無関係。あの沈痛な面持ちは、そういう意味があったわけだ。

「君も調査済みのとおり、ナオミさんを愛していたグリン女史は、ナオミさんを捨てた男に一矢報いたかったのかも知れない。〈あなたの血を引いていない子だってナオミの血を引き、自分が育てればうまくやれる〉と実証したかったんだな。

ただ、それをナオミさんが望んだとは僕は思わないけどね。彼女がバレエに反対したのは、自分と似ている愛美に自分のようになってほしくなかったからだ。だがグリン女史はそんなナオミさんの屈折した愛情を理解していなかった」

「その結果、愛美さんは殺意を強めた。あっ、あのメモは愛美さん自身の手によるものなのね？」

「恐らくは、愛美の日記の切れ端だ。でも日記からその部分を切り取ったのは、幾美だろうね」

「幾美さんが？」

「日記を盗み見たんだろう。塔馬のことが知りたかったのかも知れない。しかし、彼女が見つけたのは自分を殺したいと思う姉の心境だった。怖くなった彼女はその箇所を破り取り、塔馬の目につくところに落とした」

「どうしてそんなこと……」

「愛美の婚約者である塔馬が見れば、字の癖でわかってもらえると思ったんだね。ところが——塔馬は女の文字に無頓着だったばかりか、そこに書かれた言葉の意味がわからなかった。なぜか？　ダブルキャストのことを知らなかったからだ。

塔馬にとって、そのメモはただ、愛美に悪意のある人物によって書かれたもの、としか認識されなかった。もし愛美の字の癖に気づいていれば、アルブレヒトたる塔馬はジゼルを失わずに済んでいたかも知れない」

「でも、塔馬さんが後ろめたく思う必要はないでしょ？　仕方のないことだもの。アルブレヒトとは違う」

「彼にとって、愛美の悩みに気づけなかったことは罪悪感につながったはずだ。何よりダブルキャストのことをあとで知ったとき、塔馬は自分の重大な過失に気づいただろう」

「重大な過失？」

「塔馬は幾美からチケットを受け取った。それが、愛美の主演する『ジゼル』だと思って。ところが、実際に彼が観たのは、幾美が主演するはずの二日目だった」

知らず知らずのうちに、自分の手が愛美の首を絞めていたのだ。

もしも、あの日塔馬が客席にいなければ、愛美は自殺まではしなかったかも知れない。

「自分が演じる初日には来ない塔馬が、幾美の踊るはずの二日目に来ている。愛美にとって、自殺を決めるにじゅうぶんな瞬間だっただろう。幾美殺害のためのプランを自殺のプランへ変更したんだ」

　思い出す。

　塔馬の話。愛美は、舞台からまっすぐ塔馬を見ていたのだ。

　その日は、愛美の大切な日だった。一年でいちばん大切な日であり、自分を脅かす存在がこの世から消える日。

　でも、そうはならなかった。

「愛美が取り替えた本物の剣によって死ぬのは、幾美のはずだった。ところが、当日になって幾美が風邪で休んだ」

「本当に風邪だったの？　それとも……」

「わからない。ただの風邪だったのかも知れないし、殺意を知ってのことかも知れない。とにかく幾美は舞台に立てず、代わりに舞台に立った愛美は、真正面に座る塔馬を見つめながら、自殺することを選んだ。

　いずれにせよ幾美は責めを負わない。なぜなら、自害することを望んだのは愛美自身だから」

　剣は交換していて取り戻せないとしても、刺すふりをすれば、舞台は問題なく進む。そう、死を決断したのは愛美自身。

「彼女は舞台で死ぬことを選んだ。おそらく、二つの理由から」

「二つ？」

「一つは、塔馬へのあてつけ。もう一つは、第二幕をうまく踊れる気分ではなかったから」

「……そんな理由で？」

「踊りには感情がどうしても反映されてしまう。だが、舞台の上の彼女は、観衆のための〈動く女神〉でなくてはならない。そして、塔馬にとっての〈ガラスの妖精〉でなくては、ね。これは彼女のプライドなんかではない。彼女のなかの絶対的真理なんだよ。感情の乱れでうまく踊れないくらいなら、踊らないほうがいい。嫉妬に燃え滾《たぎ》る心のまま第二幕を演じれば、必ずや無残な演技となり、〈動く女神〉は彼女のなかから出て行ってしまうだろう。それだけは避けたかった」

「だから——死を選んだ？」

「ダブルキャストという時点で、彼女のプライドはズタズタだったはず。くわえて、彼女は幼少期に父親が家を出た記憶を抱えている。ダニエリに興味をもってもらえることは一つの目標でもあったと思うよ。

しかし、そのダニエリも幾美の舞台の日に客席にいた。これはダニエリを見返そうとしたグリン女史の仕業だ。さらに最愛の男である塔馬の姿までも——。世界中から見離された気持ちになったとしても不思議はない」

「ぜんぶ勘違いだったのに……」

「彼女の死後、ダブルキャストであることを知った塔馬が、幾美に対して抱いた感情は複雑だっただろう。幾美の感情に汚れはなかったとはいえ、あの日の舞台を休むことで愛美に引導を渡したのは確かなんだ。それが故意でないにせよ」

「塔馬さんは、幾美さんがジゼルをやりたくて剣を入れ替えたって思ってたのかも」

——当日その場にいなかった人間だって容疑者に入る。

あれは、幾美を犯人と疑っての発言だったはずだ。

「それはない。ダブルキャストの話を知った段階で、メモの書き手も、それを落とした人間も、すべて彼にはわかったはずだ。だから、幾美が剣の交換を行なったと疑っていたのではなくて、自分の感情の赴くままに塔馬にチケットを渡し、結果的に愛美を孤立させた幾美の行動を非難したかったんだろう」

そうか。あれは、そういう意味の発言だったのか。

「ねえ、なんで塔馬さんも黒猫も、ダブルキャストだったってこと、教えてくれなかったの？」

「事件が起こったせいで、五年前の公演はそのまま中止になった。そのため幾美は一度もジゼルを演じてない。塔馬にとっては、ダブルキャストの話自体、この世から抹消したかっただろうね。それに、ダブルキャストの話をしたら、君は五年前の事件のことを理解してしまう。塔馬としては、今回の計画が成功するまでは誰にも邪魔されたくなかったんだよ」

「じゃあ黒猫は……」

「言ったろ？　君が関与するべきじゃないって。ただ、僕や塔馬の言葉のなかに気づくきっかけはあったよ。たとえば、僕は幾美が上演開始ぎりぎりに現れる理由を説明するときに『今度こそ』という言い方をしたの、覚えてない？」

――なにしろ、五年前と同じく『ジゼル』で、今度こそ彼女がジゼル役をやるんだからね。

　思い出した。

「……そんな些細なヒント、気づかないよ」

「塔馬の話のなかにも考えるヒントはあった。バレエを習っていた君なら、見逃してはいけないヒントだよ」

「え？　嘘、そんなの……」

　そんなものはどこにもなかった、はずなんだけど……。

「幾美は塔馬に言ったんだろ？　『まるでせりに乗ってるみたいな感じ』って。どう？」

「あっ！」

　黒猫は微笑みながら、「はい、名誉挽回どうぞ」と言う。

『ジゼル』でせりが使われるのは、第二幕でジゼルが墓から登場するただ一回だけ。そのせりに『最近乗ってびっくりした』って言ったということは……」

「そういうこと。彼女がジゼル役だった証拠だ」

最後の一ピース。だが、それは見落としてはならないものだった。自分が歯がゆい一方で、黒猫の不親切を呪う気持ちがなくはない。

だが、関わるべきでない事件に関わった身としては何も言い返せない。黒猫は今回の件に関わりたくなかったのだから。

「塔馬は死んだ。でも彼の計画はまだ終わってない。もしも、塔馬の本当の狙いが〈動く女神〉または〈ガラスの妖精〉の復活にあるなら、彼の殺害もまた計画の一部のはずだ」

「自分の殺害が――計画の一部？」

それは――いくらなんでも。

まともじゃない。

自分の命までが、計画の一部だなんて……。

「ガラスアートを志す塔馬の最終目標は、ガラスという素材を超えること。ガラスよりもガラスであること。その一つの理想形が、花折愛美演じるジゼルだった。ならば、彼の最後の作品はガラスアートの〈彼女〉ではない。死の間際、〈彼女〉と重なるようにして現われ、ガラスの魂を受け継いだ踊り子、それ自体が彼の遺作なんだろう」

「どうして……馬鹿げてるよ、そんなの……」

「芸術家ってね、作品のために魂を削るものなんだよ」

周囲のざわめきが聞こえなくなる。

ブザーが鳴り、ホールの照明が暗くなる。

「さあ、確かめようじゃないか。嫉妬、失望を知り、愛する者を自らの手で殺め、感情から解き放たれた彼女が、今何を見ているのか。彼女が塔馬の作品たるに値するのかどうか」

4

暗い森、恐れをなして立ち去る番人ヒラリオン。

空を舞って現れたヴィリの女王、ミルタは花を一輪ずつ手にもち、美しく踊る。やがてミルタはヴィリたちを呼び集める。ヴィリたちのぴたりと息の合った動き、そして重力を感じさせないミルタの跳躍、海月《くらげ》のごとき白い半透明の衣装が、背景となる暗い森とのコントラストでさらに幻想性を高めていく。

彼女たちは婚前に命を亡くした恐るべき精霊たちだ。だが、その動きの美しく魅力的なことは比類ない。これなら、男性が心を惑わされるのも仕方ないか、という気さえしてくる。

ヴィリたちの群舞。コール・ド・バレエの指先の角度まで均一にしたのは、ダニエリの演出家としての手腕というところだろうか。

舞台の下手隅《しもて》にあったみすぼらしい墓の中から、ついにジゼルが出現する。せりからの登場だ。とても厳粛に、ミルタに魔法をかけられたようにくるくると高速のシェネを見せる。感情なき機械のごとく精緻な動きが、死の冷たさを感じさせる。第一幕で艶やかな感情を見せつけたジゼルとは別人。

死は、彼女から喜びも悲しみも奪い去ったのだ。

それは一つの救いなのかも知れない。

やがて、ジゼルの墓の前に黒衣を纏ったアルブレヒトが現れる。

アルブレヒトはジゼルの墓の前で悲嘆の舞を踊る。

――君がいないことがこんなに辛いとは。

アルブレヒトの声なき声が聞こえる気がする。

――もう一度、もう一度でいい。君に触れたい。

そんな願いに応じるようにして、空中をすっとジゼルが横切り、アルブレヒトの前に舞い降りる。

幻に戸惑いながらも、嬉しさに正気を失ってともに踊りはじめるアルブレヒト。生者と死者のパ・ド・ドゥ。ジゼルの両手には花。その顔に表情はないが、ジゼルの魂が喜んでいるのは、わかる。

だが、結局彼女は花を一輪残して墓の中に消えてしまう。

幻想は消えた。

――もう一度……もう一度。

何度でもと願うアルブレヒトのもとに、墓の上から花びらが次々と落ちてくる。その花の香りに酔いしれるようにして、アルブレヒトは眠りに落ちる。

舞台は変わって、森の中。

不吉な予感を感じて逃げたはずの森の番人、ヒラリオンは結局逃げ切れなかったのだ。逃げ惑ううちにヴィリたちに取り囲まれ、女王ミルタに懇願するも、ミルタはそれを聞き入れず、最後は沼に彼を突き落としてしまう。

ジゼルの墓の前で、アルブレヒトが花の香りにありし日のジゼルを思っていると、そこへミルタが現れる。

――今度は貴様の番だ。

命乞いされるも許すまいとするミルタ。その二人の間にジゼルが現れ、ともに命乞いをし、アルブレヒトを墓のそばまで連れてくる。

――ここにいて。ここなら大丈夫だから。

そして、ジゼルは舞い始める。喜びからでも、悲しみからでもない、だがどこまでも深い優しさを感じさせる舞。ヴァイオリンとフルートを主調とした仄かに明るい旋律が、ジゼルの降り注ぐような慈愛を表現する。

旋律はさらに明るく幻想的に転調する。まるで、死者がありし日の輝きをそっとなぞるような、不可思議な幸福感がそこに漂う。

しかし、それでも許そうとしないミルタ。アルブレヒトは許しを請いながら踊り続ける。精霊であるがゆえにどこまでも軽やかなジゼルと、まだ生身の身体をもつアルブレヒト。二人の生と死が交差する様は実に効果的だ。本当に透けて見えなくなるのではないかとさえ思えるジゼルの軽やかな動きに対し、アルブレヒトの姿は現実的な重力から不自由なままだ。

息絶えるまで踊りをやめられぬ呪いの前に、アルブレヒトはとうとう限界を迎えて倒れてしまう。

と、そのとき鐘の音が聞こえる。

暁を告げる鐘の音だ。

ミルタがその威力を失うときがきた。

一斉に飛び去るヴィリたち。

だが、ジゼルはそこにとどまり、倒れたアルブレヒトを優しく揺り起こす。二人の手が、名残り惜しく触れ合う。指先から、絡みつく糸さえも見える気がするほどだ。

そして――ジゼルは見えない手に引かれるようにしてアルブレヒトから離れ、森へ消える。

ジゼルは、アルブレヒトを守り抜いたのだ。

神話からの逸脱。新しい神話の創造。

残されたアルブレヒトは、ジゼルを求めて、墓のうえで気絶する。

そこに、朝日が差し込む。

幕――。

割れんばかりの拍手。

刑事らしき男たちの姿が、客席の通路からぞろぞろと移動を始める。

ちょうどその時、隣の席に磯山が戻ってくる。

「どうも、私の仕事はいけないなー。バレエひとつゆっくり見られないなんてね。でも音楽は聴いてましたよ。やっぱりいいですね、バレエって。うん」

見当違いな感想を述べながら磯山はトレンチコートを取り、それから神妙な顔を作った。

「塔馬氏のご冥福をお祈りいたします」

幕が下りたあとも、場内の熱気は冷めない。

拍手はいっそう大きくなる。

黒猫がささやいた。

「塔馬は、最後の最後にガラスを超えたね」

その言葉に異論はなかった。幾美は、それまでの幾美でもなければ、愛美の模倣でもない、新しい〈ガラスの妖精〉だった。

何よりもジゼルそのものだった。

彼女はジゼルとなり、塔馬を赦した。その姿は、たとえ今夜たった一度きりのものだとしても、長く歴史に刻まれることになるだろう。それは、今なお続く観衆の噎《む》せ返るような熱気が証明している。

「歴史を作るのは、いつでも大衆だ。ニジンスキーのバレエは、資料としては現存していないが、それでもいまだに彼のバレエを信奉する人々は多い。幾美の罪は消えない。だが、それと同様に今夜の舞台も、永遠に消えることはない」

黒猫の言葉に、強く頷き返した。

塔馬に対する感情は複雑だ。嫌いだったわけではない。かと言って感情が揺れたのでもない。ただ、キスの感触が悲しかったのだ。塔馬の悲しみが伝染したのではない。自分の悲しみだった。

本当にキスをするべき相手が別にいるとき、人はこんな気分になるのかも知れない。

となりを見る。

黒猫は、まだ幕を見ている。

今では、塔馬は一つの景色になった。黒猫と二人で見た、忘れがたい、美しい風景に。

一ヶ月後の世界が急に不安になる。

ずっとこうしていられたらいいのに。

ああ、きっと、明け方のジゼルってこんな気持ちなんだ。

気の遠くなるほどの拍手。

やがて――。

幕が上がる。

そこには、満面の笑みを湛えた幾美の姿があった。

〈ガラスの妖精〉の目に溜まった涙を、照明が照らし、きらめかせた。彼女は今、〈運命の女〉になった。

彼女は赦したのだ。彼女の身に起こったすべてのことを。

だからこそ、聖母のごとき神々しさがある。

その輝きを、忘れまいと思った。

5

S公園に入るのは、久しぶりのこと。

元日に初詣はしたものの、それ以降はお互いに時間が合わなかったり、精神的に何となく避けていたりで、日々が過ぎてしまったのだ。

ずいぶん長くこの公園にご無沙汰していた気でいたが、黒猫がパリへ行ったら、もう当面来ることもないのかも知れない。

黒猫のマンションは、この少し先にある。一年のあいだ、何かとS公園をうろついたり、黒猫の部屋で研究の話などをして夜を明かすこともあった。だが、それもあと一ヶ月。

公園の木々は枯れ、緑の代わりに、今はつかの間の雪化粧が施されている。今夜、もうひと降りすれば、出歩くのも難しいほど、地面は真っ白に染まるだろう。

「池、やっぱり凍ったりするんだね」

S公園の中央には大きな池がある。

そこには、透き通ったガラスのように氷が膜を張り、今宵の月を映し出している。

その月は、「リジイア」と「ベレニス」から炙り出された〈運命の女〉のような優美さを湛えている。本物の月よりも澄んで美しく見える。

「この池のうえを歩いてうちまで帰ってみようか」

「え！　そ、そんなことできるの？」

「できるわけないだろ」

からかわれたようだ。

「今日の晩御飯は何ですか？」と尋ねてみる。

「ん？　今日はタコライス。スパイスは多め」

「ふむふむ」

黒猫の手料理を食べて帰るのは、この一年の日課のようなものだった。特別な料理が出るのではなく、あり合わせの材料でできる料理を出してくれる。調理をする後ろ姿を見ながらしゃべる時間が、楽しかった。

「来る？」

一瞬、迷った。

普段なら、何の迷いもなく、頷いている。即答できないのは、今日の自分が、精神的に弱いことを知っているからかも知れない。

「これから寒くなるから、帰ったほうがいいかもな」

先に断られてしまった。

「でもその前に、君は僕に聞きたいことがあるんじゃないの？」

「え？　事件のこと？」

「じゃないね」

「研究のこと？」

「僕に聞くなよ。君が聞きたいことだ」

自分の胸に聞いてみろ、というわけだ。気まずい沈黙が流れる。

わかっている。この沈黙を破らなくてはならないのは、黒猫ではなくて自分だということ。

大きく息を吸い込んだ。

「ねえ」

声は思いのほか震えてもいなければ、上ずってもいない。そう、堂々と言えばいいのだ。

「黒猫は、幾美さんや愛美さんのこと、今はどう思ってるの？」

「どうって？」

「だって、どっちとも恋人同士だったわけでしょ？　それが、一人は亡くなって、もう一人は殺人犯になって……」

黒猫はこちらを見なかった。

「ほらね。つまらないことを考えていた」

「だって……」

「塔馬が言ったんだろうけど、あれはさっきも言ったとおり、君をアトリエまでおびき寄せるための計略だよ」

「いや計略なのはわかるけど」

「わかってないね。あれ、ただの嘘だよ」

「はうっ」

「何だ、その鼻に虫が入った犬みたいな声は」

失礼な。誰が犬なものか。

いや、そんなことはどうでもいいのだ。

え？　嘘？

「『一緒に住んでた』って」

「言ったよ」

「あれも嘘？」

「あれは本当」

わからない。わかりません。恋人同士でもないのに一つ屋根の下に住むってどんな関係なんですか？　頭のなかにクエスチョンの大洪水が起こり始める。

「あ、ついでに言うと、僕は塔馬が愛美と付き合い出してからも、しばらくの間は幾美と愛美の二人と同じ屋根の下で暮らしてたんだよ」

「さ、三人で？　塔馬さんと付き合い出してからも？」

もう降参である。恋愛観というか男女観がここまで違っては、異星人と喋っているようなものだ。パリに行ってしまう前にはっきりしてよかったかも知れない。ある意味。うん、そうなのだ。きっと。

「君は何か勘違いしてるよ。間借りしてただけ」

「え？」

「一室、借りてたんだ」

一室借りていた？　うら若き姉妹の家の一室を間借りしていた？

にわかには信じられぬ話。

人を誤魔化そうだなんて黒猫らしくもない。みっともないわ、プン、とそっぽを向こうとしていると、黒猫が言葉をつないだ。

「彼女たちは、目白にある祖父母の古い屋敷に居候していたんだ。彼女たちの祖父は軍医だったらしくてね、十五部屋は優にある大邸宅だったよ。それで、そのうちの何部屋かを学生に貸し出していたのさ」

「ふうん……そうなんだ」

「なんだよ、その胡散臭い『ふうん』は」

「でも、『僕を好きになったあとに塔馬と付き合いだした』って言ったじゃない？　あれは？」

「あれも本当だよ。彼女たちの屋敷に住むようになってすぐに愛美にデートに誘われた。僕が〈プルミエバレエ教室〉を熱心に見学に行ったから勘違いしたようだったね。プライドの高い彼女のためにやんわり断ったよ」

「なんて言って？」

「これからも美の対象として観察し続けたい。嘘ではないからね」

黒猫らしい断り方なのかも知れない。でも、相手によっては自尊心を大いに満足させられて、黒猫に好かれていたと勘違いされやしないだろうか？

「なんかその断り方、弱い……」

「まあ彼女は塔馬に僕のことを元カレと言っていたらしいが」

「ほら、やっぱり！　勘違いされてる！」

「言葉なんてどのみち誤解されるんだ。相手がいいように解釈すればいい」

「ううむ。じゃあ幾美さんは？」

「幾美は姉の好きな人を追いかける。同じプロセスを彼女も辿ったよ。そして同様に、僕を元カレだと塔馬に吹聴した」

「ほら、どう考えても黒猫の断り方に問題が……」

「問題はないよ。ほかの誰かに言うわけじゃない。恋人に見栄を張りたいだけだろ？　でもその恋人は塔馬だ。塔馬は僕が彼女たちに恋愛感情がないことくらい見抜いていた。これでも問題？」

「……」

「まあ、五年経って君に誤解されたのは、問題だったかも知れないが」

「……そうだよ」

そうだよ、と心でもう一度繰り返す。おかげで一人で誤解して塔馬の思うままに計略に乗せられて、こんな事件に関わってしまった。

「五年前、どうして幾美さんの公演の日を選んだの？」

「べつに選んでないよ。僕は二日目と三日目のチケットを持ってた。二人からチケットをもらったら、片方だけに行くわけにはいかないだろ？」

それはおかしいような気がした。なぜ初日のチケットではなかったのだろう？　もしかしたら、黒猫は幾美のほうにしか行く気はなかったのではないだろうか？

「……なんで初日じゃなかったの？」

「初日は僕も塔馬も無理だったのさ。翌日がレポートの提出日で」

あっ……。

我が妄想、総崩れ。

「あの日に一言聞けばよかったんだ、僕に」

「……聞けないよ、そんなの」

「そうか……そうかもね」

「そうだよ」

二人とも黙ってしまった。

空を見上げると、月のほかには星ひとつ見えない。またこれから雪が降ってくるかも知れない。

「ごめんね、私がこんなことに興味持たなければ、何も起こらなかったのに」

知らず知らずのうちに巻き込まれたとはいえ、自分の好奇心のために、一人の人間が命を落としたのだ。

「そうは思わないよ。君がいなければ、塔馬はどこかからべつの適当な素材を都合したはずだ。この五年を締めくくる塔馬の意志は固かった。君が何に興味を持とうと関係ないよ」

そうなのかも知れない。でもそうじゃないのかも。

「それを言うなら、パリ行きの話が出た時点で塔馬に連絡した僕が間違っていたということにもなるよ。そもそも、彼はそんなふうに誰かが後悔することを望んでいない気がする」

「うん……」

また沈黙が流れた。

聞きたいことは聞けた。でも言えないでいることが、まだある。それを話してしまいたかった。

「……黒猫、実はね、昨日アトリエで……」

言いかけたとき、黒猫の人差し指が、唇にそっと押し当てられた。

「塔馬の設計図は、いつか奴の墓にでも尋ねるよ。君は部品だ。部品に口なし」

冷たい感触が、唇を伝う。

黒猫が、微笑んでいた。それなのになぜだろう。

なぜ涙が止まらなくなったのだろう。

涙でにじんで前が見えない。でも、長いこと黒猫と見つめ合っていた気がする。黒猫が、見ていれば、の話だけど。

指が離れても、感覚がずっと残っていた。それはまるで魔法だった。この数日間の灰色の雲が、ゆっくりと溶けてゆく。

「パリに遊びにきたら、パフェをおごろう」

「私、珈琲しか飲まないよ」

涙を拭いた。

池に映った月を見ながら、その底でじっとしているであろう生き物たちのことを思った。

それから、限られた時間のことを。

「公園を探しておいてね。池のある公園」

「それならよりどりみどり《オ・シヨワ》、だよ」

どれだけ言葉を紡いでも、答えは不鮮明なまま。わかっているのは、今の二人にはこれが限界だということ。

この先に、もっと別の言葉もあるのかも知れない。

そんな言葉を、いつか彼に語る日が来るのだろうか？

「前に〈運命の女〉は〈優美〉とイコールだって話をしたよね」

「うん」

「〈優美〉を追求するのは、生きていく原動力にもなる。だからこそ、ポオは何度でも復活させるんだよ。そして、〈優美〉はしばしば、日常の眺めに現れる」

黒猫の話は唐突だった。そして、たぶん唐突であることに、意味があるような気がした。

「一度〈優美〉と結びついた眺めは、ごく個人的で、かけがえのないものになっていくんだ。たとえば、塔馬にとっては、かつての愛美がそうであり、今は幾美がそうだったはずだ」

塔馬が愛美の死について語ったときの表情を思い出す。そこには、たしかにジゼルの死を悲しむ顔と、愛美の死を悲しむ顔の両方があった気がした。両者は別個のものでもあり、どこかではつながってもいるのだろう。

独立したものとして捉えながら、同時にすべて切り離さずにも見ている、それが、結局のところ人間のすべてなのではないだろうか。

生と死を分けて考えるときもあれば、死を生の一部として捉えられる日もある。そうやって、思考は日々伸び縮みを繰り返す。

ポオが〈運命の女〉の光と影を表現した「ベレニス」や「リジイア」も、あるいは、そんな日常的思索の壮絶な軌跡と言えるかも知れない。

「僕はね、宇宙というものを、便宜的にひとつの貝だと考えるようにしてる。暗いのは貝殻の内側だからで、光るのはパールだ。僕らは貝殻の中身であり、その存在の本当の理由は、貝殻の外側にあるのかも知れない」

「貝殻の——外側に？」

「そう。たとえば、どこかの誰かに食べられるとかね。いま絶対と思われてる理論も何かも、貝殻の外側にいる誰かには通用しないに違いない。だから——僕はせめてパールを探す。

愛美が死に、塔馬も死んだ。でも、僕の中にはレッスンルームの片隅でストレッチをする愛美の姿や、塔馬と大学講堂前で見た空が今も焼きついている。

僕は生きて、これからもいろんな景色を眺めるよ。間断なく遊動し続ける図式とね。かけがえのないもののとなりで見た景色は、きっと合わせ鏡のように永遠に続くだろうから」

聞いてみたくなる。

黒猫にとって、かけがえのないものって何？

そのとなりで見た景色ってどんなもの？

目をつぶった。

そこには暗い森があり、ジゼルとアルブレヒトが生と死を超えてモノフォニーを奏でている。

そして、朝日とともに二人は引き離される。

あの舞台上の瞬間の儚さと輝きを、ガラスの型にとって、黒猫と自分に重ねてみる。目を開きたくない、と思う。

目を開かなければ、このままここにいられるのではないか。

そんなわけはないのに。

「駅まで送ろう」

時は、それでも残酷に訪れる。

ゆっくりと頷く。いつもより、ずっとゆっくり。

「とりあえず今週中に『リジイア』と『ベレニス』の比較から見えたことを『大鴉』に絡

めてレジュメにして」

「……いま、何か言った？」

「あ、メールでいいよ」

「はああ？」

「ほら、君、最近研究に身が入ってないから、特訓」

「結構です！」

ああもう！　一瞬ロマンティックな感傷に耽った自分がいやになる。

「何だ？　言っとくけど期限は厳守だから」

「わかりました！」

ベンチから立ち上がり、歩き始めた。黒猫が後ろから何か言ったが、止まらず走り出した。


こうして——ロマンスは逃げた。

そんなものは初めから幻想なのかも知れないけれど。

それから数日は、もっと逃げ足が速かった。

そして三月——。

太陽だけをくっきり見せた青空へジャンボジェット機が飛び立ったとき、逃げたのはロマンスでも時間でもなくて、自分だったな、と思った。
悲しいほど進化していない自分と、からっぽの日々。
春色へと染まろうとする世界から取り残された感じ。
日常に歩調を合わせなきゃ。でもどうやって？

空転の日々に終止符を打ったのは、一通の手紙だった。

最終章　接吻

黒猫がパリへ旅立ってから十日が経った。

その日、母はシンポジウムとやらに出かけていて留守だった。

黒猫の付き人役から解放され、研究もひと段落したのを見越されたのか、テーブルの上には大量の買物メモが残されている。

窓の外では、浮かれ出す季節へ警笛を鳴らすような強風に、梅の木が泣かされている。それでも今日は絶対に買物に出なければならないのだと思うと、あーあとため息が出た。

とはいえ、母上が帰ってくるまでまだ時間はある。たまには二度寝でもしてやれとトレーナーにジーンズという姿のままベッドにもぐりこんでいると、インターホンが鳴った。

宅配便らしい。悪いことはできないものだ。

もぞもぞとベッドから降り立って、玄関に向かい、サインで結構です、というのにわざわざマイ印鑑を取り出して押印し、小包を受け取った。

三十センチ四方の小包だった。

差出人の名はおろか、宛先の欄も住所だけで名前がなかった。よく無事に届いたものだ。箱を開けると、中には新聞紙が幾重にも敷き詰められ、捲れども捲れどもなかなかその中身に到達できないほどだった。完全に開封するのに五分。小包にとられる時間としては結構なものだ。

ようやく姿を現したのは、いまだにぷちぷち潰してしまう緩衝材の厳重な包装。勘弁してよと思いながら、それをぐるぐると剝ぎ取る。

その工程で、ひらりと紙切れが落ちた。

それは一枚の便箋だった。

緩衝材を剝ぐ手を途中で止めて、その便箋を拾い上げて目を通した。


この小包が届く頃、俺はこの世にいないだろう。

君がこの手紙を読んでいるとすれば、塔馬家の遺産管理人が俺の遺書どおりに君に発送したことになる。中身はもう見てくれたかな？


まだ見ていない。

慌てて緩衝材を剝ぎ取る作業を続ける。便箋の最後にも名前はないが、書いたのが塔馬なのは間違いない。一体、何が出てくるのだろう？

あともう少しで中身にたどり着くというところまで来たとき、手がふと止まった。

あっ……これは……。

さっきよりも早く指を動かして最後のひと巻きをぐるりと剝ぐ。

出てきたのは——膝をわずかに曲げ両手を広げた〈彼女〉のミニチュア。

なぜこれが、ここに？

〈彼女〉をテーブルに置き、再び便箋に目を戻す。


そのオブジェのタイトルは〈彼女〉。

君が見た等身大の〈彼女〉よりも先に、出来上がっていた。このオブジェは、黒猫に依頼されて作ったものだ。パリへ旅立つ前に、しばらく離れてしまう大切な人に贈りたいと言っていた。奴には「いつできるかわからない」と伝えておいた。その頃、俺は重大な計画の只中にいたからね。

でも、実際にはあいつに〈彼女〉というお題を与えられたとき、天啓を受けた気がした。自分のなかでもっとも重要な作品になる、という確信を得た。だから、早々に黒猫用のオブジェを完成させると、その等身大版を制作することにした。

等身大版とこのミニチュア版の違いは、ミニチュア版には歯がないこと。

あの歯は、俺の個人的記号に過ぎないから、より普遍的な〈彼女〉は、といわれたら、たぶんこの作品がそれだろう。

黒猫もまさか俺が約束を守ったとは思うまい。本当に俺がそんな依頼に誠実に応えると思っていたのかどうか、疑わしいかぎりだ。あいつほど俺の天邪鬼な性質を知り抜いている男もいないだろう。

だが、奴にはナイショだが、俺は約束は守る男なんだ。

黒猫はただ送り先の住所を教えてくれただけで、誰に贈るかは教えてくれなかったけど、俺の直感が君だと言っている。そんなわけで、ひっそり奴との約束を果たすことにする。

このオブジェは普遍的な〈彼女〉を描いているが、同時に君でもある。

同様に、あの日の俺のキスは、俺のキスであって普遍的なキスだ。黒猫のキスに置き換えても構わない。

あと、最後に忠告を（人の忠告は聞いたほうがいい。それが死者からの忠告の場合は特に）。逃げるなら、奴がパリにいる今のうちだ。俺はあいつほど厄介な男を知らない。

マンションの外に見える梅の小枝にメジロが止まって、ちちちちっと鳴く声が室内にまで届いた。

なのに、頭は呆然としてその音さえ現実感がない。

手紙を三回読み返す間に、メジロは梅の花びらをくわえ、枝を揺らして飛び去った。揺れる枝の先から、鳥を追うようにして花びらが舞っていった。

何もかも不確かなままなのは変わらなかった。

このオブジェ一つで、黒猫の心がわかるわけでもない。告白をされたのでもなく、ただ、プレゼントをもらっただけ。

でも、何だろう。

静かな充足感があった。それに——。

黒猫がこの住所を指定した以上、黒猫から自分への贈り物であるのは、間違いないのだし……。

テーブルに置いた〈彼女〉を見る。

もしかしたら、塔馬のアトリエに行ったと知ったときに、黒猫が不機嫌になった理由には、このオブジェの存在を知られたくなかったというのもあるんじゃないだろうか。そんな風に思った。

考えるだけならタダ。妄想はあれやこれやでもう頭に無限の風呂敷を広げ始めている。

——逃げるなら、奴がパリにいる今のうちだ。

逃げるものですか。

ぐーんと、大きく伸びをしてみる。

出かけたおへそが寒くて慌ててお腹をしまう。

そうそう、母上が洗濯機を回しっぱなしで出かけたのだ。すっかり忘れていた。

洗濯物をかごに移し、ベランダへ。

窓を開くと、冷たい風がびゅーっと吹きつける。が、それさえ我慢すればからりとした洗濯日和。陽光もほどよく差している。

「さあ、干してやるぞー」

妄想を追い払うように大声でそう言うと、ワイシャツを一枚取り出し、パンッと伸ばした。

黒猫は今頃どうしているだろう？

パリは今何時頃だろう？

黒猫の今も、明日も、想像がつかない。きっと昨日のことも思い出せないくらい動き回って、知の巨人たちと優雅な舌戦を繰り広げていることだろう。でも、見えない世界のことは考えない。それはないのと同じこと。

ただひとつ。確かなこと。

同じ今に生きていること。

だからすごく嬉しい。

靴下を干し始めたとき、思いついた。

買物のついでに、久々にＳ公園に行ってみよう。

黒猫は言った。〈かけがえのないもののとなりで見た景色は、合わせ鏡のように永遠に続く〉。

だったら、その景色の前では、いつでもとなりにその人がいる。

誰もいない公園に胸を弾ませて行くなんて馬鹿みたい。

でもいいのだ。

会いに行く。

振り返ると、テーブルの上に陽が差し込んでいた。

七色の輝きを放ちながら〈彼女〉が――微笑んでいた。

部屋に戻り、その唇に人差し指をそっと当てる。

音もなく、囁いてみる。


「おめでとう」

今日、たしかに届いたのだ。
透明な、黒猫の接吻が。

fin

主要参考文献

『ポオ小説全集1』エドガー・アラン・ポオ／阿部知二他訳／創元推理文庫
『ポオ　詩と詩論』エドガー・アラン・ポオ／福永武彦他訳／創元推理文庫
『エドガー＝A＝ポー』佐渡谷重信／清水書院
『美学辞典』佐々木健一／東京大学出版会
『美学のキーワード』W・ヘンクマン、K・ロッター編／後藤狷士、武藤三千夫、利光功、神林恒道、太田喬夫、岩城見一監訳／勁草書房
『新潮美術文庫25　ドガ』日本アート・センター編／新潮社
『物質と記憶』アンリ・ベルクソン／合田正人、松本力訳／ちくま学芸文庫
『マラルメ全集Ⅱ』ステファヌ・マラルメ／松室三郎、菅野昭正編／筑摩書房
『バレエの宇宙』佐々木涼子／文春新書
『小学館DVD BOOK　華麗なるバレエ第2巻　ジゼル』池辺晋一郎、佐々木涼子、村山久美子、守山実花／小学館

『バレリーナは語る』ダンスマガジン編／新書館
『バレエの魔力』鈴木晶／講談社現代新書
『カラー版　世界ガラス工芸史』中山公男／美術出版社
『バーナーワーク　酸素バーナーを使った耐熱ガラス工房』松村潔／ほるぷ出版
『無意識の構造』河合隼雄／中公新書

※モンローグラスはガラス工芸作家、松村潔先生の作品であり、ネーミングも松村先生ご自身によるものです。

解　説

書評家
酒井貞道

美術品や工芸品、文芸、音楽、舞踏、演劇など、《文化芸術》を題材としたミステリは、大抵の場合、創作者や愛好家の《拘り》《妄執》に焦点を当てる。率直に言って、印象は似たり寄ったりなものになりがちだ。

さらに言えば、それら文化芸術は当然それぞれが長い歴史と伝統を誇り、評論家や研究者もたくさん抱えている。大抵の事柄は分析が済んでいるし、慣習には一々重みと理由があり、仮説の類も珍奇なものから権威を認められたものまで、ないい仮説はないとすら思われるほど積み重ねられている。このような状況においては、どんなに才能溢れる作家であっても、全く新たなアイデアを提示するのは難しい。既存のアイデアを借用するにしても、それを説得力溢れるように小説内で形にするには、豊富な知識と深い理解が必要である。ましてや、付け焼刃でいい加減なことを書くなどもってのほか。絵画や彫刻の展覧会を見て素晴らしいと思った作家がいたとしても、軽々には作品に取り上げられない。半端な知識では返り討ちに遭うのが関の山だからである。文化芸術を題材にミステリを書くのは、ハードルが高いのだ。美術ミステリ史に名を残す作品ともなれば、何らかの形でこれらの障壁を乗り越えており、作者はかなりの強者《つわもの》と言って良いだろう。

その点、森晶麿の黒猫シリーズは、いよいよもって独特な地位を固めつつある。

黒猫シリーズでは、二十四歳にして大学教授となった天才、通称《黒猫》（本名は不詳である）が、数々の謎を解明していく。その活躍は、彼と同年齢の付き人《私》による、一人称視点で描写されている。《私》は黒猫に懸想しており、物語は恋愛小説としての性格も帯びている。

本シリーズの特色は、黒猫が毎回、芸術作品に対して何らかの美的解釈を施し、それを推理の糸口にする点にある。黒猫にとって、それらの解釈行為はいわば《本職》であり、しかも若き天才教授という設定上、この程度のことは簡単にできなければおかしい。ただし、言うまでもなく、黒猫の解釈を実際に作っている作者・森晶麿は、芸術作品を解釈するのが《本職》ではない。シリーズ複数作品を読めばわかる通り、黒猫の解釈対象は多岐にわたっており、それらの一々に、森晶麿は何らかの視点・視座を用意している。それらがどの程度オリジナルなのか、どこかに原典があるのか、私にはよくわからないし、ここで問うつもりもない。肝心なのは、相当博識でなければ書けないものであることだ。森晶麿の取材力と理解力、そして何よりそれを可能にしている好奇心の強度と幅の広さ、文化芸術に対する敬意の深さには、舌を巻くしかない。

ミステリとしての側面から言うと、芸術に対する美的解釈と事件内容が毎回しっかりシンクロしているのが黒猫シリーズの《売り》だ。恐らく森晶麿は本シリーズを書く際に、まず芸術に対する美的解釈を用意し、それに沿うような事件と登場人物を創造している。この順序が逆だと、黒猫シリーズを書くのは不可能だ――とまでは行かないだろうが、創作ペースはもっと落ちるはずである。

従来から、社会学的あるいは哲学的な発想から、推理と事件、犯人を逆算するミステリは、多数存在していた。代表例は笠井潔である。社会派ミステリも、広義ではこの範疇に入るだろう。しかし、美的解釈＝美学が作品内の序列において最高位に位置する作品は、黒猫シリーズをもって初めてとするのではないだろうか。ここに森晶麿の唯一無二性がある。この見解は別に解説子のオリジナルではなく、たとえば森晶麿のデビュー時から、一部識者――たとえばハヤカワミステリマガジン（二〇一一年十二月号）で『黒猫の遊歩あるいは美学講義』レビューを担当した杉江松恋氏など――が同種のことを指摘済みだ。ただ、黒猫シリーズがデビュー以降既に四冊を数えるようになり、この傾向が一層わかりやすくなった（＝証拠が増えた）とは言える。蛇足ながら付け加えると、この森晶麿の手法を日本のミステリ読者が受け容れるか、私自身は少々不安に思っていた。幸い拒絶反応を示す読者は少なかったようで、黒猫シリーズは、好評裏に刊を重ねている。ミステリ業界で揉まれる過程で、謎と事件を先に発想するタイプの《よくある》作風に転向してしまう可能性もあるとも危惧していたが、現時点ではこちらも杞憂。慶賀の至りである。

杞憂に終わったと言えば、もう一つ、私は彼のデビュー作を読んだ際、「黒猫の美的解釈を、あのレベルで維持できるだろうか？」との懸念も抱いた。だが森晶麿は、これもあっさり一蹴し、精緻な芸術解釈を、多様かつ安定的に打ち出せることを早々に証明した。その証拠の一つが、シリーズ第二作にして初長篇となる本書、『黒猫の接吻あるいは最終講義』である。

黒猫と付き人の《私》は、雑司が谷に所在するバレエ・ホールにやって来た。演目は『ジゼル』、プリマは今をときめく川上幾美《かわかみいくみ》である。二人が案内されたボックス席には、黒猫の旧友であるガラスアートの旗手、塔馬《とうま》陽孔《ようこう》がいた。塔馬は幾美の婚約者であり、黒猫にとって因縁の相手らしい。黒猫が携帯電話に出るため席を外した際、塔馬は《私》に、五年前、黒猫が天才プリマと同棲していたと教える。さらには、自分のアトリエに来れば詳細を教えると言うのだ。

やがて『ジゼル』が開演する。最初のうち舞台は順調に進んでいるように見えたが、男性主人公が転倒して、ジゼルを演じる幾美は死の演技を止めて起き上がり、退場してしまう。結局、公演はそのまま中止となる。騒然とする場内で、《私》の印象に残ったのは、塔馬が「復活した……」と呟いたことであった。

帰る道すがら、黒猫は、『ジゼル』の魅力の話とともに、五年前に舞台上で亡くなった天才プリマ花折愛美《はなおりまなみ》のことや、以前は自分と幾美が一緒に住んでいたことなどを、《私》に語る。さらに彼は、「この一件には首を突っ込まないほうがいい。実にプライベートな事件だから」と謎めいた忠告を与える。

しかし、動揺と好奇心を抑えられない《私》は翌日、吉祥寺の塔馬のアトリエを訪問してしまう。塔馬は、愛美と幾美が異父姉妹であること、二人とも黒猫の恋人だったことを告げた後、五年前の『ジゼル』上演中に愛美が死んだ状況を語る。そして彼は、自分の作品『彼女』を《私》に見せるのだった。

その直後に場面は急転し、時間は《私》が塔馬を訪ねた日の午後にジャンプする。彼女は口をゆすぎ、しきりにアトリエ訪問を後悔している。そこに黒猫が通りがかり、エドガー・アラン・ポオの話をし始める。その後、塔馬が《私》に何をしたかが回想され、五年前の真実を探る《私》の調査が本格的に始まるのだ。

「接吻」「最終講義」と、穏やかならぬ言葉によって、《私》の恋の行方に読者の興味は掻き立てられよう。これに関しては解説では何も言わない。読めばわかる！


本書の白眉は、探偵役の黒猫による、長い、とても長い推理シーンである。

推理が始まるのは第五章だ。黒猫の最終講義としておこなわれる、マラルメやポオの詩を題材とした黒猫の分析は、やがて愛美・幾美・塔馬といった、今回の事件の中核関係者に対象を移す。実在の文化芸術に内在する美意識への普遍的アプローチが、登場人物の性格／心理の把握という個別具体例にシームレスに繋がっており、作者の構想力を証して余すところがない。加えて、五年前の事件の関係者に対する《私》のインタビューが第四章までで一通り終わっている、というストーリー構成が、わかりやすさを強めている。

これに続いて第六章では、ある人物の特異な発想が明かされる。ただし、事件の際に起きたことは、この段階では解明されない。それは第七章により、五年前の悲劇、そして現在進行形の出来事の真実が姿を表す。この間、人物の移動など、若干の中断は挟むものの、推理は実質的に百ページ以上にわたり続行される。『黒猫の接吻あるいは最終講義』が三百ページ級の作品であることを考えると、この推理場面の長さは異例である。

ところが、ここに中だるみは一切なく、読者は緊張感を持ったまま読み通すことができるのだ。その最大の理由は、黒猫による美学講義そのものの鋭さ、そしてそこに潜む一定の難解さにある。黒猫の推理に付いて行くためには、読者は今回、黒猫の言う〈優美〉とは何かを理解しなければならない。一から十まで平易な言葉で解説してくれるわけではないので、読者には能動的な読解が求められる。結果として、後半は歯応えある読書となるが、これが無上に楽しいのだ。

また、黒猫の推理は論理の流れがスムーズであることを、指摘しておきたい。彼の推理手順は、次のようなものだ。

①　適用する推理方法の説明
②　右記①に基づき、人物の心理を分析
③　右記②に基づき、実際に何をしたか／何が起きたかを解明

この手順は非常にわかりやすく、誤読の余地はない。しかも「難解」なのは専ら①であり、ここが完全に理解できなかったとしても、②と③を楽しむことは可能だ。伏線が充実しており、①抜きでも真相に至る道筋は用意されているからである。しかも真相自体、なかなか衝撃的。面倒臭そうなミステリだと構える必要は全くない。ただし、黒猫シリーズの独自性と醍醐味は、何といっても①に存する。黒猫による美学講義には、できれば是非

じっくりとお付き合い願いたい。

芸術知識と美的概念の膨大な蓄積。それに合わせた、個性豊かな人物の設定。彼らの想いが交錯する複雑な真相の策定。これらは、黒猫シリーズの短篇群にも共通していることである。シリーズ短篇群とも共通するこれらの特徴を、『黒猫の接吻あるいは最終講義』は、百ページ超の解明場面という長篇ならではの手法で、より明確に、スマートに打ち出した。それがこのように極めて上出来で、読み応え十分であったことは、森晶麿の本格ミステリ作家としての実力の表れである。

なお黒猫シリーズは、本年（二〇一四年）九月に、新作長篇の刊行が予定されている。作品内の時系列としては『黒猫の薔薇あるいは時間飛行』に続く物語となる模様だ。次なる美学講義はどのようなものなのか。それに沿ったどのような人間の営みを提示してくれるのか。そして《私》と黒猫の関係はどうなるのか。楽しみでならない。

本書は、二〇一二年五月に早川書房より単行本として刊行された作品を文庫化したものです。

第1回アガサ・クリスティー賞受賞作

黒猫の遊歩あるいは美学講義

森 晶麿

でたらめな地図に隠された想い、しゃべる壁に隔てられた青年、川に振りかけられた香水の意味、現れた住職と失踪した研究者、頭蓋骨を探す映画監督、楽器なしで奏でられる音楽……日常に潜む、幻想と現実が交差する瞬間。美学・芸術学を専門とする若き大学教授、通称「黒猫」と、彼の「付き人」をつとめる大学院生は、美学とエドガー・アラン・ポオの講義を通してその謎を解き明かしてゆく。

黒猫の刹那
あるいは卒論指導

森 晶麿

大学の美学科に在籍する「私」は卒論と進路に悩む日々。そんなとき、ゼミで一人の男子学生と出会う。黒いスーツ姿の彼は、本を読み耽るばかりでいつも無愛想。しかし、ある事件をきっかけに彼から美学とポオに関する〝卒論指導〟を受けて以降、その猫のような論理の歩みと鋭い観察眼に気づき始め……。『黒猫の遊歩あるいは美学講義』の三年前、黒猫と付き人の出会いを描くシリーズ学生篇

ハヤカワ文庫

著者略歴　1979年静岡県生，作家『黒猫の遊歩あるいは美学講義』で第1回アガサ・クリスティー賞を受賞。他の著作に『黒猫の薔薇あるいは時間飛行』『黒猫の刹那あるいは卒論指導』（以上早川書房刊）などがある。

HM=Hayakawa Mystery
SF=Science Fiction
JA=Japanese Author
NV=Novel
NF=Nonfiction
FT=Fantasy

黒猫《くろねこ》の接吻《せつぷん》あるいは最終講義《さいしゆうこうぎ》

〈JA1160〉

二〇一四年五月　二十日　印刷
二〇一四年五月二十五日　発行
（定価はカバーに表示してあります）

著者　森《もり》　晶《あき》　麿《まろ》
発行者　早川　浩
印刷者　草刈龍平
発行所　株式会社　早川書房
郵便番号　一〇一 - 〇〇四六
東京都千代田区神田多町二ノ二
電話　〇三 - 三二五二 - 三一一一（大代表）
振替　〇〇一六〇 - 三 - 四七七九九
http://www.hayakawa-online.co.jp

乱丁・落丁本は小社制作部宛お送り下さい。
送料小社負担にてお取りかえいたします。

印刷・中央精版印刷株式会社　製本・株式会社明光社

ISBN978-4-15-031160-5 C0193

本書は活字が大きく読みやすい〈トールサイズ〉です。